조금 진전 있음

민음의 시 315

조금 긴 긴 있음

이서하 시집

민음사

자서(自序)

위험에 반응하지 않기
지금 상태에서 벗어나기
반복과 증폭, 고통 분담
마지노선 오남용으로
울타리는 보수공사 중

2023년 8월
이서하

차 례

가장 위험한 횡으로

어쩌다 이런 곳엘

사람들이 지쳐 보였다 나는 아껴 둔 빵과 음료를 그들
에게 건넸다

내부가 열리고
외부로 이어지고

기우는 자세로 물가에 다다랐다
헛디뎌 가까이서 잠기는 것을 본다

날벌레가 과일을 따라간다
피크닉용 돗자리가 버려진다

살아 있는 것을 살렸다 오늘은
착한 것을 하나를 더 만들었다

그것들은 종종 나를 더럽게 한다

아침에 일어나 세수를 하고
밖에 나갈 채비를 하면서

문득 삶의 바닥이 그러하듯
알게 되는 것이다
내부와 외부의 간격은
제 몸에서 너무 먼 집이고
나는 그 집을 부수러 왔다는 것을

가장 위험한 식물학자

그는 후회하는 사람이었지만
사람들은 그가 후퇴했기 때문에 실패한 것이라고 생각
했다 해방은 실패하기 위한 핑계였던 거야

그는 여름보다 겨울을 좋아했다
유일하게 겨울 같은 히코리가 마음에 걸렸다

정원이 퇴폐적으로 보이는 것은 히코리 때문이 아니라
화려하게 살아 있는 것들 때문이라고 그는 생각했다
이 모든 사실이 그를 인위적으로 보이게 했다

히코리는 잘 어울리지 못했지 다른 것만큼 자기답지 못
했다 가난은 겨울보다 여름에 눈에 띄기 마련이었다
그것을 모르는 사람은 없지 않았다
히코리는 허전해 보였지만 죽은 것은 아니었다

아직 어린 그것은 가망이 없다고 사람들은 말했다
가난은 진실하다 그 말은 히코리에게 다가왔다

'내 걱정 반 너 가져'

가끔씩 그는 마음으로 말했다
걱정은 히코리의 것이었기 때문에 히코리는 모른 체해
야 했다 그가 알게 된다면 그는 어디 가서 슬퍼한담?

그는 히코리가 통제할 수 없는 것이었다 마찬가지로 히
코리는 그가 통제할 수 없는 것이었다
히코리는 차라리 나무라는 것이 편했다
무관심한 것은 그의 성향이 아니라서
그는 히코리를 종이라고 부름으로써 한 장 차이의 시차
적 관점을 완성한 것이다

그러나 사람들은 완성한 것에 대해
저것은 실패한 것이라고 말하지

그는 구별할 줄 아는 사람이었고 가능한 것과 가능하
지 않은 것을 고민하는 사람이었다

히코리는 히코리입니다

종이에 적힌 열 자만이 가능한 일이었다
정원에 찾아오던 열 명 남짓도 한 자가 지워지는 동안
발길을 끊었으나

유일하게 겨울 같은 그곳에서
히코리는 그보다 오래 산다

가장 위험한 우리는 그로 인해

움직이고 있다손 치더라도
이런 저런 이유로 거드름 피우는
하나는 꼭 있다 서문으로 옮긴
그릇은 문 앞에 서 있던 직원을

불러 세운다
절구와 햇빛 가리개

파손 우려가 있으니 그것을
조심히 다룬다 접시가 하나인
사람은 접시를 집었지만

얼음장같이 차지만
깨지지 않는다

움직이지 않는다 물어보지 않는다
조급해하지 않는다 우리는

하나같이 직원을 부른다

가장 위험한 모자

뒤집으면 모자 아닌 것이
자신을 이해하고 있다
나는 그런 것을 써야 한다 생각할수록 양가적인 이유
로 왕왕 커지는, 모자라는 것에 대해
이해하기 어려운 것은 단순한 것이다
단순한 것은 악한 것이다

'넌 좋겠다 네가 너를 이해할 수 있어서'

리처드 화이트였던가? 나이가 들고 중년이 되니 역사라
는 게 사물이나 관념이 아니라 관계*라고 떠들던 것이?
밑줄 그은 것으로도 모자라서 메모까지 했는데

기억나지 않았다 정확하게는
생각에 사건이 없었다
'인간을 덮고 세상을 얹어 놓은 모자'
같은 것이 역사가 아니면 뭐겠어? 그러나 모자 쓴 사람
은 나밖에 없고
모자라는 것은 잘 들리지 않아서

위험해요 조심해요 같은 말은 거의 나쁜 식으로 왕왕
발생한다 알 수 없는 경고문과 함께

"그것은 제법 단단한 외피로 자신을
감싸고 있으며 함부로 만져서는 안 됨"

한 사람이 들어가기에도 좁은
동굴 안에서 우리가 본 것은 마땅한 길이었다 생각보다
천장이 낮아서 엉거주춤 있었지만
아무도 도망가거나 겁내지 않았다
이유 없이 죽는다는 생각에 사건이 없었다

어쩌다 죽음
그냥 죽음
그냥 막 죽음

그것을 뭐라고 부르지?

─"살인자"

——"폭군"
　——"악과 미덕"

　모자라는 사람은 슬퍼서 울었다
　왕왕 나빠진 것은 없었다 사는 게 예전 같지 않아
　그는 주변이 어둡다는 것을 알았고
　해서 모자는 인간을 쓰기로 한다

　멀리 풍차가 보인다는 것
　가만히 돌아가고 있었다는 것

　나는 그것을 배경으로
　몇 가지 생각을 하지만 이렇게 단순하게 쓸 수밖에 없
는 것 또한 내가 선택한 모자라는 것이다

---

* 리처드 화이트, 이두갑·김주희 옮김, 『자연 기계: 인간과 자연, 환경과 과학 기술에 대한 거대한 질문』(이음, 2018).

가장 위험한 건너뛰기

어떤 장면들을 건너뛰지 않으면
우리는 오후 내내 여기 있어야 할 것이다.
건너뛰기는 텍스트의 일부가 아니고
수행의 일부다.
— J.M. 쿳시, 『엘리자베스 코스텔로』

읽다 만 것이 책상 위에
그것대로 있다 김칫국이 튄
거무죽죽한 원고와 함께

유고 시집을 읽는다

아껴 두었던 책이라기엔
이상한, 조금 야릇한
죽음에 반문하여
그의 시집을 꺼낸다

닦으면 구멍 내고야 마는 덤터기 같은 죽음은 그럴 때
온다 살면서 조금은 억울한 때, 억울해서 살기 싫은 때 청

포도로 쓴 시를 봤다 시에서 청포도는 더욱 커 간다

종이에 싸인
청포도가 달다
더 단 것은
종이에 없다

아빠가 없네
건너뛰었다

수행이 어려웠다

우연히 행위예술에 대한 글을 읽었는데
관객이 고른 물건은 그것대로 미학적이었다
의미 없이 가볍고 위험한 물건과 나란히
무려 여섯 시간 동안 작가는 가만히 서 있다

때론 귀엽게 때론 억울하게
물건은 작가를 건드린다

한 시간 남짓 글을 읽던 나는

최대한 관객적으로 상상하고
내가 관객이 되었을 경우와
작가가 되었을 경우를 곱씹는다

물건과 상처가 낭자한 곳

찬물로 닦자 물건만 남았다
보란 듯이 구멍만 남았다
하나 남은 활시위를 당긴다
상처가 아물지 않을 만큼
청포도는 자라지 않고
자라다 만 나무만 있다

책의 절반가량 읽어 갈 무렵

무엇이 일어나고 있는지는
그리 중요하지 않았다*

> 화살은 많은 것을 건너뛰어 오니까

* 에리카 피셔-리히테, 김정숙 옮김, 『수행성의 미학』(문학과지성사, 2017).

가장 위험한 플레이어

놀랄 것도 없이
물이 불거졌다
자세에서 빠져나오느라

앞머리가 플레이어를 흔들었다 가만히 흔들었다 두 타
임을 앞두고 고개는 산 하나를 그리듯 주변을 되새김질
한다

산은 그저 산일 뿐
새로울 것도
익숙할 것도 없었다

마음이 허약한 것은 코가 건조해지는 것과 같았다
마감 처리가 안 된 주변들. 이것은 대체 불가. 저것은 떨
어지기 직전. 이것은 유리로 만든. 이것은 간단하다. 이것
은 나의 우울. 하나뿐인 나의 멍멍.

가난은 일찍이 없었다
제대로 된 배경이 없었다

농담처럼 싱거운 것들뿐

산을 옮겨야 하는데 혼자 하는 것은 플레이어의 몫
　그런데 말이지, 하나가 움직이면 공간은 그저 무엇을 심
심찮게 통과한다. 시간은 말보다 작아서 배경을 구성한다.
　실수를 만회하느라 호시탐탐 틀에 박혀 말짱 도루묵

예민한 마음은 깨지기 쉬운 가치 있는 것들을 좋아한다*

노동에는 싸움이 필요하다
재건에는 물이 필요하다

시종일관 생각하느라 머리가 몸무게였다
죽도 밥도 없이 가라앉고 있다

앞머리가 눈앞을 가리는 데
궂은 날씨도 한몫했으리라

빠져나가는 것은 물

몸으로부터의
아주 작은 도망

굉장히 어른이라는 생각에 그가 헐벗은 것은 나이였고
벗겨 내지 못한 현실은 겨우 남은 것들의 그루터기, 진
흙투성이, 흙무더기가 된다, 처음이 시작된다

이 말은 덧붙이기
복사 붙여 넣기

거리낌 없이 똑같은 세상에서
그는 물에 빠진 무엇을 본다
팔과 다리는 여전히 오리무중

산은 첩첩산중. 감감무소식.

* 가스통 바슐라르, 김웅권 옮김, 『촛불의 미학』(동문선, 2008).

가장 위험한 심심하지 않은

주머니를 받았다. 구슬 여러 개가 들어 있는. 엉성하게 엮인 매듭이 구멍을 잡고 놓아 주지 않았다. 구멍은 무슨 수로 매듭을 꼬드겼나, 씨실과 날실이 아래위로 엇갈려 짜 여 나간다. 잘못 꼬인 부분도 있고, 풀 수 없을 만큼 많이 지나쳐 온 부분도 있다. 그저 그렇고 그런 부분들. 겹쳐지 고 이어지며 잘못 붙여진 부분들. 자세히 보니 하자로 보 이는 그런 것들. 갈등의 한 요소로서 나는 우울하다.

이 구멍 없는 직물을 뭐라 해야 하나?

갈등의 개수를 세어 보려 하지 않았다. 개수도 이야기 따위 세지 않을 테니까. 슬퍼야 할 타이밍을 놓치고 말 테 니까. 계획에 없던 전개에 당황한다. 나는 옹글게 갇힌 장 기처럼 쓸모 있으나 없는 맹장이나 콩팥처럼 웃는 것이 어렵거든, 하여 지복을 누릴 수 없으니. 너는 산 것도 아 니고 죽은 것도 아니다. 그런 이야기를 들으면 정말 그런 사람이 된다. 마음과 관련해서는 그렇지. 그렇구나. 그런 데……

주머니는 복잡하다. 혼탁하다.
강이 있었다. 주머니만큼 얕은 강.

마냥 환하기만 한 것도, 마냥 어두운 것도 아니라서 구슬처럼 흠 없이 살라는 의미에서 원치는 않지만 누구든 흠 하나 없이 살 순 없는데 구슬 옥이라니, 대뜸 나는 울상, 간밤에 뛰어 들어간 강물에, 물고기는 존재하지 않는다.* 그렇다고 양동이에 물을 퍼 담을 수는 없는 노릇. 입수 그 이후. 이유를 찾을 수 없었다. 탓은 필시 이름이 아닐 텐데 이왕이면 여기가, 내가 지옥이 낫겠다 싶을 때가 있다. 살다 보니 그래, 그것이 좀 덜 촌스럽지 않던?

의도했던 반응과 달라서
나는 기다리고 기다리다가
달려간다, 지옥이란 그런 법

이윽고 사는 게 좋아서 죽기를 결심하고
제가 누울 자리를 알아서 마련하는 것

온갖 잘못과 사랑을 한사코 주워 담는 것

* 룰루 밀러, 정지인 옮김, 『물고기는 존재하지 않는다』(곰출판, 2021).

가장 위험한 제자리는 어디에?

삽은 옛것에 각별하다
사랑은 영원하다

여분의 소일거리라도 남겨 두려 했으나
적재적소를 이해하지 못한 삽은 성심성의껏 제자리를
찾아 매진한다

생각을 방심하는 사이……

"단도직입적으로 세기가 변했습니다. 작업하는 속도는
점점 줄어들어 시간은 외투가 있던 곳에 해가 걸리는 것
으로 끝이 났습니다."

> 현실은 쉬지 않고 리뉴얼 중

모두가 싫어하는, 아주 지긋지긋한
삽의 어지럼증이란, 삽의 우울증이란 그 어떤 것도 양
자택일의 문제가 아니었다 어쩔 수 없는 삽은

> 긁어 부스럼
아무 날 아무 일에
몽땅 앙갚음

　방금 있던 곳, 풀이 돋아 있고 군데군데 칠이 벗겨진 변덕이 심한 문턱. 외출을 하려면 그 변덕부터 처리해야 했는데요, 의미심장한 턱은 *문 쪽으로, 창문 쪽으로, 그리고 침상 쪽으로 차례로 다가간다. 그리고 다시 한 번 똑같이 반복한 다음, 앉은 자세로 되돌아온다.* 돌아오는 것만이 혼동한다. "그래서 젊음은, 젊음은……" 처음을 유인하기 마련이지. 중간은 딱 좋을 삶의 나이였다. 삶이 좋다는 게 뭔가? 그런 건 아무래도 간접적으로 설명할 수밖에 없어서 삶은 모두의 좋은 삶이 되어야 했다. 뭐든 끝내주는 삶이.

　처음과 중간 그 어딘가

　죽음이 할당되었다
아무리 공들여도

들키고 말았을 것을

문제는 덮는 것이었다, 숨길 수 없는 삽은 잘못을 반복했다 단, 자신이 감당할 슬픔의 무게를 잊을 수 있을 정도로만……

'여기 이곳에 앉았다 간
그가 가장 슬픈 사람이다'

삽은 믿었지만 이것 또한 예전의 일이었다

이 생각을 덮으려는 자. 손에 펜을 쥐듯 칼을 흔드는 자. 삽을 잡고 있는 자. 모두 별반 다를 바 없다는 것을

외투는 안다
그 또한 아무것도
덮지 못했으므로

삽이 쓰이는 것은 삽과 전혀 상관없는 것이다

> 이제는 각자의 몫으로 남겨진 젊음 이후의 것, 모두
묻어 버릴 수 있는 이곳이 명당이군, 말할 수 있는 삽은
묻을 게 너무 많아서
여차하면 살아생전 늙기만 할 터였다

그런 처지는 삽만이 가질 수 있다, 오직 삽만이.
그 삽은 여러분에게 달려 있다.

그것은 여러분의 현실을 증대하거나 감소한다

* 질 들뢰즈, 이정하 옮김, 『소진된 인간』(문학과지성사, 2013).

가장 위험한 나는

한 권에 십 년을 적는다면 가을이 없는 일기로 조심할 것: 건망증, 치수가 작아진 긴소매의 사실주의, 덮지 않은 눈, 녹지 않는 독단적 믿음이 사실일지언정 사랑에 능숙한 친구는 일기에 등장하지 않는다: 인간보다 유연한 사고를 무서워하던 친구는 가을이 되면 누크로 떠나 한 해의 마지막을 코앞에 두고 돌아왔으며 "우리에게 남은 날은 그리 많지 않아" 했다 그로부터 알게 된 사실들: 그린란드로 가는 신경계 하나가 손상됐다 겨울이 오지 않는다 뒤늦게 근육이 약해졌다는 사실을 알았을 때 친구는 거리의 내면만큼 늙어 있었고 ―모든 거리는 병리적 요인에 비례했기 때문에― 사랑만으로 외부라는 메커니즘을 이해할 수 없었다 어쩌겠는가? 툰드라 상공에서 본 지구의 심장부는 보호구역이었으나 그곳에 가까워질수록 그곳은 그저 거리일 뿐이었다 거리를 지키려는 늙은 친구에게 도움을 줄 수 있는 건실한 후견인은 있을 성싶지 않았다 긴 여름을 지나가면서 "나는 여기를 어기고 있다"는 친구는 오지 않는다 마지막 교신에서 나는 늦지 않게 말하는 사람이었고 친구는 자신의 말을 회수하는 사람이었다 늦게, 아주 늦게라도

가장 위험한 한때

내가 부러워하던 실내화 가방은 어중간했다

실제로 그의 부피는 외로움 한 켤레만 했다

게다가 풍선처럼 늘어나는 부피도 아니라서 그는 어제를 아까라고 말할 수 있었다

어제보다 작아진 풍선이 뒤뚱뒤뚱 오늘을 걸어가고

나는 집을 들고 애매하게 서 있을지언정

나날이 커지는 신발에 대해, 나날이 무관한 인간에 대해 거듭 생각하는 중이었고……

무관하다는 것은 시대착오적이므로

엄밀히 말해 '개똥 정말 싫다'고 쓴 벽을 지나자

한때 벽지 닦기에 유심했던

겉보기에 우스꽝스러운 아스파라거스 군이 거듭 나타나는 것과 같았다, 아스파라거스 군은 숨는 데 문외한이었다

그는 꼼짝없이 거리로 나와 일당을 채워야 했는데 아무도 시키지 않은 일은 '고민이 없지 않아도 보인다'는 식이었다

그 자체만으로 벽의 부피가 커진다고……

그렇다 하더라도 나는 그가 어깨 너머로 사는 건물들

하며 집안의 어려움, 또 그만의 벅스러운 생각 등등을

쌀 한 톨의 무게마냥 집기 힘든 것이었다

나는 대체 왜? 그 일을 고집하는가, 일을 하는 것과 그 일에 기거하는 것, 대관절 그게 나와 무슨 상관이란 말인가?

······주변은 개인적인 과제로 남을 것.

따라서 그의 고민은 개별적인 것으로 말하여진다

'너는 한 줌도 안 된다', '너는 내 손바닥 안이다'

이런 생각해 본 적 있으신지? 이 말을 들은 게 그가 아니라 한 마리의 개였다면?

거리는 더 이상 거리 거리 하지 않고

집은 아무 데도 가지 마. 집에만 있어.

집에만 있는 사람에게 "너는 좋겠다 일을 하지 않아서" 말한다면? 잘하는 게 없어서 애매하다 어중간하다 나는

나 스스로 버티는 풍선이 되어*

작아지는 것은 그가 아니라 나였구나, 생각하고

그러려고 한 건 아닌데, 나는 집을 조금 세게 꼬집고

신발 한 켤레 없는 세상처럼 서럽고, 관심 없는 것에

관심 갖지 않은 것이 너의 문제다, 아, 그것이 나의 문제

였구나 생각하고……

생각만으로 집이 내게서 멀어지듯이,

시간은 뒤뚱뒤뚱 오늘을 걸어가며 말하지

이 말을 기억해. 이 말을 기억해. 시간은 항상 제멋대로
기억을 던져 줘 놓고 아무렇게나 흘러가 버리지

그렇게 남겨진 우리는, 아, 우리는

우리 자신 뒤에 우리 자신이 숨어서 우리를 가장 놀라
게 하리라**

집은 약간 어지럽고 집은 약간 놀라겠지만

그에게 어제는 몇 시, 몇 분, 몇 초에 불과하므로

그를 보려고 하면 그는 거기에 있다, 있을 것이다

일거리를 찾아 그는 교회로 간다, 예전 교회로 간다

이런 기억으로…… 나는 집을 개처럼 아주 풀어 놓고

이제 와서 가타부타한들 집을 찾지 못한다고 탓할 수
도 없는 노릇이었다

* 에밀리 디킨스, 박혜란 옮김, 『절대 돌아올 수 없는 것들』(파시클, 2020).
** 에밀리 디킨스, 박혜란 옮김, 『모두 예쁜데 나만 캥거루』(파시클, 2019).

가장 위험한 세계관

가동 범위를 떠나서

모름지기 평면은 물집처럼

터지기 일보 직전이었고

어디까지나 차원에 한해서

각자의 기지 안에는 입체적인

침대가 한 칸씩 늘어났지만

잠이라는 프로세서는 없다

그마저도 부수어질 수 있고

어느 누구나 침입할 수 있다

그렇다면, 신고받고 왔습니다

애초에 문이 없는 픽셀 노크,

단축키 몇 개로 잠금 해제된다

원하지 않는다면 종료하시겠습니까

'수락'과 '거절' '다음에 하기' 버튼이

생성되고 이해의 균형이 깨진다

무너진 축이 동기화된다

이전 버전이 커버링된다

평면은 개정에 따라 양심적인

범위 내에서 재시동을 시도한다

그것이 설령 훔친 것이라 해도

가장 위험한 예전 교회

1 미래가 창창하다

의자들이다 어떤 의자는 맨 앞에 있다 나가는 문이 열
릴 때마다 맨 뒤에 있는 어떤 의자가 큰일이 날 것처럼 굴
어서 가운데 있는 어떤 의자는 움직이는 것을 두려워한다

나는 어떤 의자를 바꿔 보려고 무진 애를 쓴다

아까보다
조금 움직임

2 응접실, 아침

신: …… (자기 충족적 예언 투로) 어떤 사랑은 남보다 못
하고 싶다

미셸 투르니에는 "포크에는 엄지가 없다"고 씀
신이 등장할 필요가 없는 최고의 문장이다

여기까지 읽자 그는 E와 I를 왔다 갔다 합니다

나는 천근만근 합니다
나는 대답하지 못합니다
나는 대충하지 못합니다

미안합니다 감사합니다

3 고자질
나가는 길에
조금 진전 있음

가장 위험한 뜬구름

숟가락은 항상 홀수의 경우지만 그것이 혼자 해낼 수 있는 것은 짝수의 것보다 많다

우리는 산만한 빙수 앞에 앉아 있어
산이 작아진다는 것이 신으로 보여서 하늘을 우롱한 것 같아 혼자 잠시 우쭐거리던
나는 흰색으로 덮인 것을 사랑하지 않는다
흰색은 끈질기게 달라붙으니까

구경꾼들이 한곳을 응시하는 이유는 그곳에서 저마다 다른 것을 보기 때문이다
나름대로의 방식으로 숟가락에는 무엇이든 올려놓을 수 있는 것이다 *뜬구름 맛은 없음*

내가 아는 한 개는 흰색을 사랑한다
개의 눈은 사람보다 좋지 않지만 그렇기 때문에 개는 사람보다 흰색을 잘 볼 수 있다
그러나 개의 자세로 하늘을 보는 것은 어려운 일
개에게 잘 보이기 위해 구름은 전망이 좋은 곳에 걸터

앉아 있지만 아무도 그것을 대신 치워 주지 않는다

　스스로 끝장나는 것은 개가 아니라 구름이다
　구름의 서사는 대체로 슬픔
　대체로 빙수는 잘 녹고

　신은 끈끈하게 자신이 우롱당한다는 것을 모른다 아무
것도 아닌 것에, 뜬구름 같은 말에

　눈을 치우기 위해서는 삽 하나면 충분하듯이
　산이 작아진다면 그건 양말이 많아서 먼지가 나는 것
뿐이야

　그런데 너는 왜 양말 한 짝이 없니?
　그것은 발의 개수를 묻는 의도는 아닐 것이다
　내가 아는 흰 개는 다리 하나가 없었지

　개는 세 발로 뛰었다

그의 사정을 물을 의도가 없어서 개는 나를 피한다

배고픈 개는 눈을 파먹고 있다
산이 너무 커서
별안간 쓰러져 구름을 핥고 있다

가장 위험한 스티로폼을 훔치고

걸어 볼 만한 길이었으나
그런 데서 며칠을 보내기엔
아쉬운 것 없이 쓸쓸했다

저 멀리 나무 한 그루가 헐렁하게 자리를 지키고 있어서, 흔드는 것 없이 휘청거려서, 쓰러질 듯 앞으로 나아가는 것이 유일해서, 나보다 나무를 앞에 두고 걸었다

생각하기. 아무 생각하기.
빌미를 감추고 생각하기.
비할 짝이 없는 생각하기.

가래떡이 내가 쫓겨난 이유일 수 있겠다. 생각하면서 맹장을 잡고 걸었다. 맹장은 점차 쌓이면서 터진다. 생각하면서 나는 터지기 직전까지 걸었다. 겨울이니 마당에 널브러진 건자재가 쓸 만하겠다. 생각하면서 훔쳐 온 스티로폼 몇 장이 추위를 덮어 주었다. 나는 가래떡처럼 하얗게, 물컹하게 식어 갔다.

내 떡은 허기를 달랠 수 없다
스티로폼은 먹을 게 못 된다
맹장은 퇴화하기엔 단순하다

나는 오래 살아서 단순한 사람을 알고 있다

지지대가 없어서 바닥이던 날은
누워 있는 게 그렇게 힘이 들었다

그것도 내 몸의 일부인데. 생각하면서 걸었다. 이전의
상태가 만성이라 지금도 별것이다. 생각하면서 걸었다. 정
신을 여미고 걸음을 추스르며 걸었다. 내가 길에 나를 숨
길 수 없어서 걸었다. 맹장이 길처럼 늘어났다. 한 걸음,
한 걸음, 줄어들수록 나무는 죽은 듯이 단순해 보였다. 흔
드는 것도 흔들리는 것도 없이 조용하다. 생각하면서 걸었
다. 떡이고 주정이고, 생각하면서 까마득하게 걸었다. 나
는 이야기에 대한 이야기들만 한다.* 미워할 수 없는 핏줄,
미워할 수 없는 약간의 죽음.

나는 그것을 헐렁하게 받는다

그것도 내 몸의 일부라서
병든 나무 안으로
스티로폼을 밀어 넣는다

추위에 적응한 지 며칠 지났을 무렵
독자는 나무의 생사 여부 확인 중

* 도나 해러웨이, 황희선 옮김, 『해러웨이 선언문』(책세상, 2019).

가장 위험한 감상문

침수가 잦았다. 옆 마을이 사라졌다. 소, 돼지, 닭이 오류에 참여했다. 어느 재산은 탕진되는가 하면 어느 재산은 불어나기도 했다. 운 좋기로 소문난 사람은 모든 목숨에 자신의 운을 걸었다. 이왕이면 판을 크게 가 보자는 것이 그의 계획이었다. 책상 위에서 베팅은 그렇게 시작됐다. 베팅에는 시간의 룰이 있었다.

시간의 서사는 언제나 두 가지를 동시에 정의한다. 먼저 시간의 서사는 우리가 모두와 공유하는 경험 세계의 틀을 정의한다. 우리가 발 딛고 있는 현재의 지금으로서 주어지는 것, 이 현재가 과거에 매이거나 과거와 단절하는 방식, 그럼으로써 이 현재가 이런 저런 미래를 허하거나 금하는 방식을 정의하는 것이다. (중략) 하지만 시간의 서사는 누군가가 저 자신의 시간 속에 존재하는 방식을 정의하기도 한다.*

그의 책상은 문보다 컸고 어느 때는 집보다 커 보였다. 집을 옮겨야 할 때면 책상 다리를 분해해야 하는데도 그는 고집을 피우며 책상을 그대로 가지고 갔다. 문을 나오면서도 책상은 무거운 상태를 유지하고 있었다. 대관절 책상이란 무엇인가. 그만한 하중을 견뎌 본 적 없는 그로서는 그가 침범할 수 없는 경험의 웅덩이만을 가졌고, 그것은 빗방울이 가지는 무게보다 적다. 그가 현재 발 딛고 있는 곳에는 어떠한 책임도 없다. 책임 또한 그의 소유물인지 오래라 그는 오락하듯 승패로 나뉘는 세상이 그저 즐겁다. 시시하다.

그나마 위안이 되는 것은 마음만 먹으면 언제든 베팅을 걸 수 있는 자신의 재력과 무지였다. 이 사실은 그 자체로 이해의 장치가 되어 주기도 했으나 경험의 한계를 드러내 보이기도 했다. 그는 책상과 다른 시간의 서사를 가진다는 것을 이해하지 못했다. 시간을 지켰으나 그의 바람대로 시간을 쟁취할 수 없던 그는 시시콜콜한 절차와 규칙을 생략하기에 이른다. 그의 몫은 그의 마음대로 이루어졌다.

시간 속에 존재하는 방식이란 시간과 어울리거나 어긋나는 방식, 시간의 발전에 내재하는 진실의 힘 혹은 오류의 힘에 참여하는 몫을 갖는 방식을 뜻한다.**

어느 날엔가 자유분방하며 고집스러운 그가 '아무것도 하지 않는 참여'의 가능성을 검토 중에 있다는 소문이 퍼졌다. 다른 존재가 가진 시간의 서사 안에 그의 서사가 구성된다는 것을 모른다는 사실에 책상을 함께 쓰던 참여자들은 소, 돼지, 닭처럼 얼마나 많은 웃음을 지었던가. 그러나 이 상실에 대한 경험으로 그에게 새로운 구석 하나를 만들 수 있는 구실이 되었다는 것은 얼마나 기괴한가. 그가 자연스럽고 때론 편안하기까지 하다는 사실에 흠칫 놀라지만 그는 책상 서랍의 유무처럼 불필요하면 언제든지 대체될 수 있었다.

단, 이 베팅에 걸린 목숨만큼 그가 과연 이겨야 하는가가 문제였다.

각각의 경우에 문제는 자기 자신의 질문체계를 문제화하지 않는다는 사실에서 나옵니다.***

질문은 하나의 관문이었다. 그는 본질적으로 관계에 대한 신뢰를 강조했다. 최후에는 책상에 남겨야 할 참여자들만 남겼다. 이러한 한계 내에서 질서가 구축될 수밖에 없으니 질서 또한 그의 몫이 되었다. 새로운 소재를 발견하는 족족 그것은 그의 손에 들어갔다. 그것의 무게를 염두하기에 그의 손은 너무나도 건조했다.

내가 방금 말한 모든 단어들도 내가 말하기 전에 이미 말해졌고 내 안에 뿌리내려졌다. 이 말하고 생각하는 방식, 나는 이런 것을 방식이라고 부르는데, 그 방식은 현실을 포괄하지 못한다. 왜냐하면 나는 이 단어가 무엇인지, 현실이 무엇인지 잘 알지 못하고, 아무것도 모르고, 심지어 현실이 어떤 것의 표현인지, 무엇을 의미하는지조차 모르기 때문이다.****

그가 가지고 있는 시간은 다른 참여자들의 시간보다 덜 하기도, 또는 초월하기도 했지만 시간의 서사가 제아무리 촘촘하게 엮여 있다 한들 참여자들의 시간이 경험되지 않는다면 그 시간은 그에게 아무것도 될 수 없다. 그것은 마치 태어나기 이전의 사건을 선별하듯 경험했다고 착각하는 것과 같았다. 질문에 관계되어 있는 것은 피하고 되레 질문으로 답하는 것과 같았다.

그가 자신의 질문체계를 문제화한다면 어떻게 될까? 그는 가장 먼저 책상을 처리할 것이다. 그 다음에는 무지의 상태에 있을 수 있는 새로운 피난처를 찾을 것이다. 그게 어디든. 그는 자신의 이야기를 아름답게 꾸밀 것이다.

당신 안에는 하나의 은밀한 장소, 하나의 피난처가 있다. 당신은 언제나 그 속에 틀어박혀서 자기 자신과 이야기를 나눌 수 있다. 하지만 그렇게 할 수 있는 사람은 극히 드물다. 누구라도 할 수 있는 일임에도 불구하고.*****

* 자크 랑시에르, 양창렬 옮김, 『모던 타임스. 예술과 정치에서 시간성과 관한 이론』(현실문화A, 2018).

** 같은 책.

*** 피에르 부르디외·로제 샤르티에, 이상길·배세진 옮김, 『사회학자와 역사학자』(킹콩북, 2019).

**** 외젠 이오네스코, 이재룡 옮김, 『외로운 남자』(문학동네, 2010).

***** 헤르만 헤세, 박병덕 옮김, 『싯다르타』(민음사, 2002).

가장 위험한 우정 없는 사랑

내가 식소를 알게 된 것은 『어두운 숲』에서였습니다

식소는 좋든 좋지 않든지 간에 앉아 일어서 손, 하면
손을 줬지만 사람들은 앉아 있는 식소, 생각하는 식소를

기상한 것, 기이하고 기상한 것으로

생각하는 수밖에는 없었던 겁니다

그도 그럴 것이 식소는 소 잡는 일을 제외한 것들, 헛간
지키는 일, 익은 감자 지키는 일, 마님 지키는 일

또 시간 지키는 일에 능숙했다 치더라도

그런 식소를 두고 가는 일이 더러 있었고

혼자 있는 것이 식소의 일인 것마냥 편한 것이었습니다

그렇다고 명청한 식소는 또 아니라서

그것을 뭐라고 불렀지? "타운", 타운이 계속해서 식소를
밀어내고 있다는 생각, 딕시, 덴버, 해피가 아니라

말하자면 "딕시는 냄비 중에서도 가장 큰 냄비였고

덴버의 한국어 이름은 지복이라고 했다

그것이 해피와 비슷한 발음은 아닐 것이다" 생각하던
식소는 해피를 본 게 언제였더라, 사흘 전? 나흘 전?

밤새 헛간을 지키던 식소의 기억에 따르면

해피는 술꾼이었다, 술꾼은 어슷어슷해

술꾼은 달리기에 약하지, 모두가 일터로 급히 돌아갈 때 해피는 천천히 오는 것이다 아주 천천히……

오지 않는 술꾼을, 타운이 기다리는 동안 술꾼은, 저 자신을 기다린다, 기다리는 저 자신을, 식소는 안다

아무렴 마님의 사랑은 냄비만큼 충만하고

앉아 일어서 손, 하면 식소는 손을 내밀지만 가져갈 게 없는 것이 좋은 건지 좋지 않은 건지

모르는 해피는 슬프지 않았다, 그래서 사랑을 몰랐다

"오늘 없는 사람이 왜 이렇게 많니" 묻는 마님에게 모두 해피를 찾으러 떠나갔다는 말을

식소는 하지 않기로 한다 그것이 마님의 행복인지 아닌지 모르지만 식소는 해피를 안 본 기억밖에 없어서

이제 해피를 지키지 않아도 된다는 말을

하지 않기로 한다, 행복은 그런 거니까

유기적이라기보다는 무기적인 거니까

해피가 떠나고 식소는 발로 땅파기, 그런 데로부터 염려하기, 바보처럼 앞구르기, 『어두운 숲』에서가 아니라

『빌러비드』에서, 가장 사랑하는? 가장 소중한?

해피는 나오지 않는데…… 해피를 찾으러 간 사람들

도……

　내가 본 것이 유일한 타운에 혼자 사는 식소는

　익은 감자에게 "세상에 바보는 없다"고 말하고 있다

가장 위험한 겁을 집어먹고

차고 앞 주차 금지
미안합니다
현수막은 철거되고
나무에 끈이 엉켜 있고

한 손에는 참외 봉지를 쥐고
산책하던 중이었고 개와 함께

작은 개가
지나갈 때마다 짖었고
무서워, 무서워서?
그의 개만큼 작게 들렸고

'이것보다 큰 참외를 살걸'
모르는 척 잠시 고민하다가
대물림되는 것들에 다다른다

나는 개의 큰 발을 사랑하지만

크거나 많아서 좋거나 싫은 것, 작거나 적어서 아무것
도 아닌 것에도 들키기 싫은 밑천이라는 게 있지
　내부에 관해 내부에 한해 염려한다
　슬프지만 그다지 슬프지가 않다
　미안하지만 그다지 미안하지가 않다

　낭비벽이 심하다니
　그런 내가 무섭니

　주택가에는 버려진 상자가 많고
　뭐든 과대한 것은 높이를 내세우고

　이쪽이 아니라 저쪽으로
　조금만 더 위로
　그렇다면 깊이는?

　깊이는 지하 동굴이나
　험난한 바위산을 탈 때
　묶어 두는 끈에 있지

어두운 탓에 거리는 동굴 비슷하고
집으로 돌아갈 끈을 찾아야지
나무에 엉켜 있어서
목을 조르기에 적당한, 저기요
무섭다는 건 뭐죠 물은 적 없지만

미안합니다, 안녕히 가세요
도무지 미안하지가 않다
참외 씨를 박박 긁어서 속을 비우듯

속에 있는 것을 비워 내야지

나는 개의 목줄을 벗겨서
얼굴을 깊이 집어넣는다

위에서 아래로

참외 씨만 한 벌레가 기어간다
벌레의 밑천이 훤히 보인다

가장 위험한 녹았다 언 아이스크림

사람 구하는 집이란 죄다 쑤시고 다니는 바람에 개중에 그나마 덜 미련한 집으로 알뜰히 살뜰히 살 수 있는 집을 간신히 찾았으나 쥐구멍만 한 땅덩어리에 요만한 세가 가당키나 한가 싶어 도리질을 하다가 애초에 수지맞는 장사는 아니겠거니, 서울에서 이만하면 낫다, 속는 장사는 아니다, 요로 보나 저로 보나 적당히 살아온 나로서는 가랑비에 날벼락 맞은 쥐새끼처럼 덫을 피해 이모저모 하다가 반드시 덫에 걸리고야 마는 허점이 많았으나 엎친 데 덮친 격으로 가난은 허점을 그냥 보낼 리 만무했다 그러니 중년은 고향을 떠나 서쪽으로 달리는 백마와 같다나, 가는 곳곳마다 어두컴컴하니 고독을 면할 길이 없다는 것이었다 이참에 나는 아주 생각을 고쳐먹어 집을 떠날 속셈이었는데 마침 예술가이니 뭐니 하는 어중이떠중이들이 모여 사는 집에 내가 어떻게 발을 들일 수 있었던 것인지 희한할 따름이었다 그 속내를 들춰보고 싶던 갈망은 어느새 집 한구석에 자리 잡고 있었다 쥐 죽은 듯이 조용한 집에 가끔 들리는 건반 소리며 낡은 소리가 귀에 익어가기 시작할 때쯤 나는 불현듯 이 구석진 생활이 달게 느껴져 수치스럽고 아이스크림만큼 작고 견고한 생활의 권태로움이 한 순간 소거될 수 있다는 것이, 마냥 즐거울 수 있다는 것이 과분한 것이 아닌가 한 겨울에도 구들목에 배를 깔고 누우면 읍소랄 게 없었는데 이 집에 들어온 뒤로 어중이떠중이 흉내를 내려고 다분히 본인과의 간격을 유지하느라 집도 더 이상 나를 신경 쓰지 않는 듯 했다 쉬이 거짓으로 둘러댈 수 있는 변명거리를 모색한다는 게 하필이면 왜 글이 된 것인지 이상하리만치 그 거짓말이 나쁘지 않았다 의외로 글과 죽이 잘 맞았고 어중이떠중이들은 엉뚱한 소리를 좋아라 했으니 단순한 것이 어려워지고 어려운 것이 단순해져 가는 것이 아닌가 그러니 혼자 보기 아까워 고이 적어 두었던 거창한 나의 말년운을 보시라

    [0]생일에 천예성이 들었으니 기술, 예술로 이름을 날린다.

    [1]성정이 교묘하니 재주가 출중하다.

    [2]한차례 강풍이 지나고 이제야 재물이 창고에 가득하다.

    [3]예술이나 기예의 극치를 이루어 후예들의 사표가 된다.

    [4]중년을 딛고 반드시 대성하니 큰 인물이며 문무에 정진하여 부귀를 누린다.

⁵옛날을 회고할수록 인품을 더욱 깊게 하니 덕망이 충만하다.

⁶말년운은 한번 관심을 쏟았다 하면 타인의 상상을 불허하는 오묘한 이치를 취하니 사물에 생명력을 주고 우주와의 조화를 형성해 내는 빼어난 예지가 있다.

⁷어떤 일에든 집중력이 강하고 올바로 취하니 예술이 극에 이르지 않을 수 없고 문무가 정통에서 벗어날 수 없다.

⁸사물과의 깊은 조화를 생의 동행으로 삼으니 항상 넉넉하고 조화롭기 그지없는 말년운이다.*

앞날을 꾸며 대는 것이 이렇게도 쉬운 일인가
허풍 따위에 생활이 녹아내린단 말인가
나는 그저 다디단 거짓말이 좋았는지 몰라!
아무렴 다 녹은 아이스크림을 좋아하는 사람이 없다는
것쯤은 나도 안다

* 정신적 지주의 권유로 보게 된 운세 전문이다.

가장 위험한 가위 교차하기

배 속에 들어갔다 나오면
어차피 거기서 거기일 텐데

도망가고 싶다던 사람은
바닷가로 달려갔다
물이 갈라졌다

발이 닿지 않아   .

의자를 밟고 올라가
선반을 열어 보니
죄다 오른손잡이였다

왼손잡이에게는 불편한
그것들을 조심히 다뤘다
탯줄을 자르듯 물미역을 감고
쉰 나물로 저녁을 먹었다

씹을 때마다 죽은 맛이 교차했다

물이 아니라서 덧나는 것들이
함부로 자라지 않도록
기만적인 것들을 구분했다

길을 건널 때 오른손을 들었다
교차로에서 깃발이 엇갈렸다
엇갈린 것들이 교차한다

옷을 갈아입기 위해 문을 열면
해골이 묘지보다 옷장에 더 많았다*

가위는 같은 데서 만나게 되어 있다

오른손이 문을 잡고 있는 동안

멀리 도망칠 수 있었다
살점을 떼어 던져도
아프지 않아서

죽은 줄 알았어

더 커지기 전에
중단하기로 한다

서둘러 겹이 증식한다

* 시그리드 누네즈, 민승남 옮김, 『그 부류의 마지막 존재』(엘리, 2021). 감
  추고 싶은 비밀을 뜻하는 "옷장 속의 해골"을 빗댄 말이다.

가장 위험한 기타 등등

담은 종전과 달리
뒷목을 쓸 때
갑작스럽게 오고

유리 올레샤의 책을 소리 내어 읽다가
리옴빠, 생전에 발음만 있는 단어는
처음 봐서 의미가 없어도 살고 싶어진다

한 손으로 턱을 괴고 개선한다
맞은 것보다 조금 더 아픈 것 같니
우울은 때 이른 심정이건만

형, 문 좀 열어 봐

억울한 것은 왜 슬플까
밖은 왜 석연치 않을까

고개가 돌아가지 않는다

눈을 감았다, 심호흡을 하다, 기타 등등 눈을 뜨면, 여기도 살 곳은 안 될 것 같다고 형, 간다는 말은 하지 말아야지, 살 수 있다면 네 불행을 사고 싶다, 말하던 사람도 잘 살고 있지, 넌 정말 반성을 모른다, 의미란 반성을 짐작할 때 세워지는 것이고, 원인이 있음 직했으나

그에게 사과는 추상이 되었다*
갑자기 벌레가 달라붙어서
우울을 그것처럼 피하려다가
담 하나를 더 세운다든가

맞을 때는 힘 좀 빼라는데

종전과 달리
눈을 감으면
기타 등등
보이지 않던
일을 알게 된다

* 유리 올레샤, 김성일 옮김, 『리옴빠』(미행, 2020).

가장 위험한 검은 벽

집은 허물 것.
성경책과 십자가와 묵주는 태울 것. 내 몸도.
잘못과 사랑은 나눌 것.
— 최진영, 『내가 되는 꿈』

잠들지 못했다, 뒤척이던 어느 날
겉으로는 속되게 못마땅해 혼이 났다
이유를 불문하고 호전되었나 싶으면
미래가 늦지 않아서 늙는 게 좋았다
이대로 괜찮은가, 모자도 없이 환하네
찾아 나서니 옷들 사이에 구겨져 있고
여기서 구김 없는 것들이야 잘 다려 둔
흰 셔츠 자락 가끔 반듯하게 펄럭이고
내면은 현실을 반영한 쥐의 창자 같지
여기 생각의 길이라는 게 있어 만났다
끊어진다 아들아 간밤에 장에 탈이 나서
사경을 헤매다 불행을 자초했나 아니면
쥐구멍이라도 들어갈 문이라는 게 있어
굼뜬 이 몸으로는 시간이 벗어 둔 허물을

잡아당길 수 없나, 주변마다 무성하다
가릴 수 있는 구도도 아니라서 모자는
버젓이 제가 쓰고 있던 생각을 걸어 둔다
없던 머리도 무거워진다, 목이 없는 셔츠
단춧구멍만 한 삶의 갈래에도 끼워 넣을
정해진 자리가 있어, 아들아 눈을 감고
검은 벽 위로 번지는 빛의 잔상을 보거라
하나, 둘 꺼져 가는 존재하지 않는 영역들
아들아 이 벽은 수염 한 가닥보다 얇아서
지나면 자라지 않던 것들이 자라고 있다
치울 수 없는 것들, 작게 웅크린 먼지처럼
한 데 뭉쳐진 반죽처럼 네가 치댄 것들
있는 힘껏 누를 때마다 내가 아주 많이
꿈꾸고 깨어나서 허기도 잊은 사람 되어
어느 날 집 앞 공원에서였나, 소란하다
으름장을 놓던 게 엊그제의 일은 아니지
열에 다섯은 바위손만 한 젊은 여자였으나
나머지는 늙은 여자라서 간다 가, 아들아
아픈 것도 많아 아파라 저 혼자 아파라

끝이라는 게 있어서 벽은 소란스러운 법
눈을 감으면 난 어디서부터 구겨졌을까
벽에 난 구멍은 밤톨만 한 뒤통수 같고
들어가는 것도 나오는 것도 하나 없어
죽었나 살았나 내가 만약 돌덩이 된다면
일어날 수 없겠지 쉽게 놀라지 않겠지

그건 그것대로
썩 나쁘지 않다

가장 위험한 물수가 없었다면

창은 허드렛일 합니다
물 나르는 일 합니다
더러 흘리기도 하면서

일어나지 않은 일 생각합니다

수도꼭지를 돌리다가 더는 잠기지 않는 것이 덜컥 무서
워 밤은 저의 고의를 살피느라 머리가 다 셌고
아침이 서투르기는 길도 매한가지라
잇따른 나뭇가지를 치우면 쥐구멍인지 토굴인지
크고 작은 구덩이가 드문 모양으로 물길을 삼켰습니다

보이지 않는 각도에
기대는 것은
추락의 위험이 있습니다만

계단을 먼저 딛는 발이 어느 쪽이건

한 칸을 앞에 두고

물이 너무 무거운
다리는 위험해집니다

일어나지 않은 일은 물을 나르는 일
밤새 기른 것은 기댈 게 없어서 한참 흐릅니다
창에게 세상은 비가 내린 것 마냥 쏟아지는 것
그럴 때마다 창은 물고기처럼 목을 가누어
꺼지지 않는 건물의 불빛을 바라봅니다

강 건너 불구경하듯

불의 기세가 커서 좋은 사람들
제 안에 불을 피워 놓고 꺾이지 않는 사람들
태울 게 많아서 불은 더 큰 기세로 붙습니다
사람은 제가 받은 것을 보지 못합니다
보지 못한 자연은 때때로 죽습니다

어두워서인지, 어둡지 않아서인지

물고기는 죽는 순간에도 입을 벌려요
어젯밤 내리던 빗물은 온데간데없고요

저 불꽃을 잡으려면 물이 아니라
우선 큰불을 잡고 잔불을 잡아야……

가장 위험한 우리가 여자다

저기 나무 좀 봐
보기 좋게 울창하다
'좋다'는 대목에서
말이 없고
우리는 좋은 게
뭔가 생각이
제 구실을 하게 한다
구실이라는 게
덧셈이라는 마냥
들러붙는 모양으로
헌신짝처럼
내가 포기한 것
'무방비 상태'와 '일기'
에둘러 '물러서기'
사람이 많아서
등등은 거의 포함
그럴 수 있다는
가능성마저 포함
나를 포함한 적 없던

한 살은 가족의
잘못을 함의한다
여기부터 저기까지
온갖 좋은 것은
예상과 달리
여자가 뒷받침한다
볼품없이 서 있는
저기 저 나무가
작았던 때가
삼십 년 전이다
시기적으로 잘 자라던
여름에 어쩌다 태어남
열 사람 안 부러운
나의 스물아홉은
어쩔 도리 없이
시시해진다
이것은 너무 길고
조금 시끄럽지 않니?
이목구비가 없는

나의 여자들 목숨들

낙엽은 불의 심복이었다

잎은 마른 체질이라

떨어지는 것을

막을 수 없었지만

다시 태어나는 것은

꽤 희한한 일

간헐적인 일

부럽지 않은 일

아 좋다, 죽고 싶다

좋아하는 장소는

그래서 집도 아니고

버드나무 아래도

아니고 모든 게

흥망성쇠한 곳이었지

방향이 제 경로를

이탈하여 지나간다

입장이 어려워진다

여지없이 너저분하게

잘못되어 가고 있다
생각한다, 계속
생각만 하면 어떡하니
먹고 살고 하느라
그러면 어떡하니
길은 멈출 수 없다
길은 망상을 구획한다
길은 현실을 기다리다
제한속도에서 걸린다
돌아가라는 앞선 지시
구간도 없이 직진
아무도 세우지 않고
아무도 흔들어 보지 않고
빠져나오지 않은 것은
내 잘못, 자포자기한
내 목숨이 질긴 탓
오늘 살아 있는 것은
약점 같은 것이다
나는 아주 많은 불을

던진다 길로 향해 있다
겨울은 여름에게 먹힌다
십년감수한 미래가
창문을 꼭 열어 두었다
들어오시라, 투박한
심장을 덜컹덜컹 달고
낙엽처럼 바스러지는
신이 아까운 날에는
속도를 더할 수 없지만
추위 또한 입김처럼
새어 나가던 날
그 어떤 날에는
참을 수 없다 여자가
총을 들지 않는 이상

가장 위험한 전집

의사는 왜냐고 묻는 대신 무엇에 대해 물었다
나는 하늘, 세상, 테이프에 대해 떠들었지만
생각해 보니 내가 무엇이든 중요하지 않았다
중요한 것은 책에 존재하지 않는 배경이었고
그 책은 최소 벽돌 세 장의 무게와 같았다

가장 위험한 전집

내가 받은 것은 『파란 하늘』과 『검은색 하늘』이었지.
브랜들린 레인의 책이었다.
그는 거의 알려지지 않은 작가였지.
그의 책은 두 권이 전부였지만 출간되지 않은 원고는
더 많고 이름을 빌려 쓴 책도 여러 권 있다고 했다.

우리는 그의 책을 읽었다.

'내가 죽는다면'이라는 가정은 나쁜 결과를 초래했다. 형
이 진짜로 죽은 것이다. 네가 나를 창피해할까 봐 땅만 보고
걸었어. 네가 맞을 때도 나는 땅만 쳐다봤지. 결과적으로 심
각하게 눈이 망가졌다. 그때부터 나는 아주 망했지.
형은 상자에 짐을 거의 던지듯 넣으며 말했다. 평소와 다
른 그의 거친 행동에 나는 조금 놀랐지만 그를 파멸로 이끈
것은 지금의 상태가 아니라 방관하거나 회피하던 기질, 그의
아무것도 안 하는 기질이라고 나는 생각했다.
그를 갉아 먹고 있던 것은 거식증처럼 아무것도 아니었던
거야. (『파란 하늘』, p.49)

피해망상이란 부작용 같은 것인지 모른다. 극도의 공포 속에서 죽을 수도 있다는 두려움은 자신이 현재 살아 있는 존재라는 것을 다시 확인하게 한다. 그런 게 부작용이지, 테이프를 보며 나는 생각했다.

그는 살아 있다는 것을 확인하기 위해 위험한 상황을 연출하고 안전을 보장받기 위한 덫을 만든다. 덫은 반복적으로 나타난다. 이러한 반복은 보는 사람으로 하여금 중단할 것을 요구하게 했는데 그것은 성사될 수 없었다. 피해망상은 자신의 대상화이기 때문에. (『검은색 하늘』, p.69)

나를 불행하게 만드는 것은 그가 나를 떠난다는 사실이 아니라 언젠간 그가 나에게 다시 돌아온다는 사실 때문에 나는 그렇게 말할 수 있었다. (『파란 하늘』, p.87)

우리는 더러운 꼴을 보고 자랐지. 그가 웃었다. 그의 잇몸은 더 이상 잇몸처럼 보이지 않았다. 까만 구멍처럼 보이는 그것은 그의 의지대로 움직였다. 신경이 죽어서 이제는 고통도 없어. 나한테 남아 있는 것 중에서 유일하게 마음에 드는 부분이지. 나는 죽은 입으로도 많은 것을 했다. 떠들면서 자신이 떠드는 것을 모르는 사람은, 듣는 사람이 자기 의지대로 말을 하지 않아서, 정확하게는 자기 뜻대로 움직이지 않아서 화가 나는 것이다. 그건 방치야, 그래서 네가 벌을 받은 거지. 그는 잘 아는 어른이 자신에게 했던 말을 따라 하며 잇몸을 더듬었다. 벌이라는 단어를 말할 때는 아픈 시늉도 해보였다. 아무렇지 않군, 정말 아무렇지 않아. 내가 받은 벌은 당신이야. 이 벌을 방치한 것이 당신이니까. (『검은색 하늘』, p.97)

하늘만큼 의미 없는 것도 없다고 적었다. 신을 탓하거나 감상에 빠지는 게 아니라면 하늘은 정말 아무 의미 없는 것이다. 하늘은 세상의 배경일 뿐이지. 테이프로 세상을 감싸며 형은 말했다. 그 안에 중요한 것을 숨긴 것마냥 테이프로 칭칭 감고 또 감았다. (『파란 하늘』, p.109)

우리는 다음 차례를 기다렸다
맥락이 우리를 벌하지 않을 때까지

가장 위험한 감상문

르 코르뷔지에. 그는 건축가이자 도시계획가였죠. 그가 처음 집을 지었을 때가 열일곱 살이었다고 합니다. 아시다시피, 그는 생활 환경의 차이를 건축물로 극복하고자 했습니다. 그가 설계한 마르세유의 위니테 다비타시옹(1947)은 당시 프랑스 건축법에 맞는 구석이 없었기 때문에 당국자들과 전문가들은 도저히 참을 수 없는 누더기집, 정신병의 온상과 같은 비판을 마지않았습니다. 국가 보건위생 최고위원회에서는 위생법칙을 역행하는 건물이라고도 했지요.

그의 건물에 대한 부정적인 시선은
설계에서부터 완공할 때까지 계속되었습니다.

당시 프랑스의 건축법을 자세히 알지 못하지만 르 코르뷔지에가 위니테 다비타시옹에 주거 공간, 상업 공간, 문화 공간을 포함하는 주상복합단지를 조성하기 위해 시도한 것은 세계적으로 처음이었다는 것, 그것이 지금 우리가 살고 있는 건축의 시대보다 굉장히 앞선 생각이었다는 것이 그의 직장 동료이자 친구였던 졸탄의 편지를 통해 증

명됩니다.

"틀림없이 견고한 사회적 토대가 되는 주장으로 받아들여질 것입니다. 미래에는 르 코르뷔지에의 생각이 반드시 승리할 것입니다."

졸탄의 편지를 받고 르 코르뷔지에는 이렇게 말합니다. "나는 졸탄과 다른 모든 사람들에게 말할 수 있다. 인간적 결속은 전체가 일관성을 유지하는 하나의 건축물과 다르지 않지만, 그 안에는 필연적으로 온갖 종류의 이해관계를 가진 사람들이 있기 마련이다." 그가 말한 인간적 결속, 르 코르뷔지에는 건축가였지만 건축물을 세우기 위한 철학적 사유가 실로 단단했습니다.

열일곱 살 때 나는 처음으로 집을 지었다. 그 당시 나는 주변 사람들의 말에 아랑곳하지 않고 대담하게 집 모서리에 두 개의 창문을 내고자 했다. 공사 현장에서 나는 벽돌 하나를 손에 들었는데 그 무게는 나를 엄청나게 놀라게 했다. 나는 꼼짝할 수 없었다. 집은 벽돌 한 장…… 수백만 장이 차례로 쌓여 지어진다.*

　그의 생각에 건축물만큼 방향과 위치에 따라서 다양한 구도를 가시적으로 드러나는 것은 없었던 것이지요. 건물이 그 형태로 존재해야 하는 이유를 실현하기 위해서 무엇보다 그 건물을 이용하는 존재가 선행되어야 한다는 것을 르 코르뷔지에는 자신이 설계하는 건축물로써 이야기하려 했습니다. 그의 건물에 빛과 사랑, 우정과 박애가 담긴 것도 이러한 이유였을까요. <u>집 모서리에 두 개의 창문</u>을 내고자 했던 그의 생각에 나는 여태껏 집 모서리에 창문을 가진 건물을 본 적이 없었다는 것을 알게 됩니다.

　집은 수많은 모서리를 많이 가지고 있지만 모서리를 활용 가능한 영역으로 만드는 것은 집의 구조적인 문제를 거치지 않고서는 불가능할 수밖에 없겠지요. 모서리는 바닥에도 있고 천장에도 있는데 그가 말한 집 모서리는 어디쯤이었을까요.

　나는 선학들의 뒤를 따르는 후학들의 자세가 유행하는 미학의 발견에 있어야 한다고 생각하지 않는다. 오히려 그들에 게는, 사물과 사실의 구성을 명확하게 이해하려는 노력과 함께, 현재 우리 눈앞에서 전 세계적으로 전개되고 있는, 새로운 사회에 이바지하는 전문 영역들의 비밀을 알아내기 위한 심오하고 열정적이고 내실 있는 탐구가 중요하다. 모든 것은 어떻게 하느냐(내적작업)에 달려 있다. 어떻게 있느냐에 흥미를 가질 사람은 아무도 없다.**

그는 분명 건축에 대한 이야기를 하는데, 그의 이야기는 사물과 사실의 구성, 내실 있는 탐구를 위한 내적 작업까지 뻗어 나갑니다. 하나의 주제를 향한 그의 집념은 분야를 망라하고 우리가 살아가는 전반적인 사회에 대한 통찰로 나아가게 합니다. 집 모서리에 창문을 낸다는 생각은 모두의 반대에 부딪혔지만 시가 설 수 있는 토대는 건축물이 설 수 있는 것보다 터무니없다는 점에서 다행스러운 일이 아닐 수 없네요.

때로는 위에 있는 것이 아래에 있다. 때로는 아래에 있는 것이 위에 있다. 내려다보는 것과 올려다보는 것에는 아무런 차이가 없다. 이리하여 동그라미 하나에 다른 동그라미를 더해도 당연히 두 개의 동그라미가 될 수는 없다.***

르 코르뷔지에는 다양한 구도를 보기 위해서 자신의 시선을 분산시킬 필요가 있음을 보여 주고자 했던 것인지도 모르겠습니다. 한 공간 안에 존재하는 수많은 것들을 다양한 구도에서 바라보려는 행위는 교차지점이 발견되는 것과 같은 연장선상에 있다고 볼 수도 있겠습니다.

그의 생각대로라면 저는 물잔을 채우며 컵은 왜 항상 물이 넘치지 않을까, 생각할 수도 있겠습니다. 어떤 형태로 공간을 차지하고 있는지 그 생각을 따라갈 수도 있겠습니다.

* 르 코르뷔지에, 정진국 옮김, 『르 코르뷔지에의 사유』(열화당, 2013).
** 르 코르뷔지에, 같은 책.
*** 류이창, 김혜준 옮김, 『술꾼』(창비, 2014).

가장 위험한 것 같다

같다, 시시한 것 같다, 화가 난 것 같다, 성가신 것 같다, 열이 오른 것 같다, 허투루 웃는 것 같다, 생각하는 것 같다, 같아요, 같아서, 입버릇 같다, 동방예의지국의 예의 운운도 오만 같다, 안 쓰고 말하기란 어려운 것 같다, 그래서 제 생각은 이렇습니다, 정확히 말하라는데 정확한 것은 어려운 것 같다, 같습니다, 같지만 많이들 쓰는 것 같다고, 그런 것 같다고, 선교 활동 하는 사람이 말을 걸어올 것 같다, 피할 수 없을 것 같다, 거부할 권리란 내게 없는 것 같다, 은연중에 끌려가고 있는 것 같다, 죄송합니다, 말하지 않을 것 같다, 죄를 지어도 대신 죄송해할 일도 아닐 테니 붙잡고 있는 사람은 안 죄송한 것 같다, 도무지 보내줄 생각이 없는 것 같다, 그러나 나는 지하철 안이고, 정부 산하기관을 정리해 주간 업무 보고서를 작성하고, 회의 때 같습니다, 금지, 부득부득 생각하다가 웃을 것 같다, 허허, 실수는 버릇에서 나올 것 같다, 웃으면 안 되는데 웃음이 나올 것 같다, 끌려가 호되게 혼이 나고 집으로 가는 길에 자주 봤던 선교사가 처음 보는 사람 대하듯 다가오는 것을 본다, 웃고 있는 것 같다, 어쩔 수 없을 것 같다.

가장 위험한 것인지

한국인 둘은 「미나리」를 봤다

자막이 한국어였다
읽을 수 없었다

안경 없이 살 듯 가족을 만들지 않았다
닭이 되거나 수컷의 병아리가 되거나
오래돼서 까먹은 것들에 화가 났다

지켜보는 것만으로도 식물은 자랐다
무관심이 식물을 잘 자라게 했다
작게 쓴 간판이 최선을 다해 숨었다

없어 보이는 것은 좋은 거구나

있으나 마나 한
먼 길을 돌아서
가는 중이었다

껍질을 벗어 둔 뱀을 본 건
심부름 갔던 집에서였다
늙지 않은 한 남자가 그려진
차고지 벽면에 나도 있었다

그림을 그린 건 나였는데
구황작물이 그러하듯

살고 싶지 않았다 악착같이

몸에 좋다는 게 뭔지
유리 술병에 담긴 건
죄다 죽은 것들이었다

효능을 적어 둔 종이에
사족이라고 쓰여 있었다

사색을 하기엔 적절하지 않은 곳에
쓸모없는 것도 무서운 것도 있겠지

조용히 가방 안으로 손을 집어넣었다

심장이 주렁주렁 나왔다
다시 심어도 시퍼렇게
자랄 것 같은 늙지 않는

남자가 다리를 허우적거리고 있었다
유속으로 멀어질 때까지 그것을 지켜봤다

미나리가 자라는 곳에

뱀은 없었는데, 한국인이 말하자
유의미한 한국인은 조용해진다

죽었다는 것을 까먹을 때까지

가장 위험한 창문을

옮길 수 없었다. 나는 어떠한가. 관념상으로 자리만 잡으면 되는데. 을지로는 이제 여닫이 미닫이 대신 스윙도어가 도로에서 골목으로 접어들고. 전원 만석. 대기 정원 만석. 붙어 있는 창문도 문의 관념으로 보인다. 잘 되어 간다던 호프집 앞에서 기다리고 있다. 만나기로 한 사람은 오고 있을 것이다. 수용할 수 없을 만큼 많은 사람이 잘 되어간다던 호프집 앞, 테이블마다 웃는다. 하필이면 자리를 구하려 몇 바퀴 더 돌다 겨우 남은 한 자리마저 뺏기고, 구경을 하고 있다. 맞은편에서 싸움이 커지고 있다. 될 대로 돼라. 덜 나쁜 것도 잴 수 없어서 나도 이 모양 이 꼴이지 않겠니. 생각하던 나는 이게 맞나, 선택이 잘못을 구체화하는 동안에도 죄는 하등 나 따위 신경 쓰지 않고. 무리한 승하차에 아무도 발을 내밀지 않아서, 역 입구까지 변동사항 없음. 위험한 시대적 배경 없음. 하필이면 나를 못 보고 지나친 그는 시시비비가 만연한 맞은편에 자리를 잡고 있다. 벽에 적힌 메뉴를 살피고 있다. 하필이면 글씨에 금이 가 어려움을 더하고 있다. 관념상으로 잘 보이는 것에 머물고 있다. 여기요, 손을 들고 있다, 그는 잠시만요, 싸움을 불러 세운다. 나는 밀고 들어갈 문도 없는 가게를 보고 있다. 멀리서 가게보다 큰 크레인이 다가가는 것을.
손 쓸 수 없을 정도로 빠르게, 휘두르는 것을 보고 있다.
창문 하나가

　단번에
　옮겨 가는 것을
　보고 있다.

가장 위험한 헛되지 않음

양동이 하나, 쓰레받기 둘, 물받이 영 개

사물은 여전히 멀기만 하다
비우는 것만이 지속된다

헛것은 맹목을 여실히 보여 준다
창가 자리에 앉아 지나가는 마을의 창고를 보고 있으
면 전에 살던 화원을 개조한 집, 공사장용 부직포를 덧댄
집이 보이는 것이다

벽을 타고 오를 만큼 간격이 좁은
긴 복도가 있고
습기가 마를 날 없는
방 두 개가 딸린
음식을 하기 위해선 신발을 신어야 했던
부엌은 현관의 역할마저 도맡아 했다

집은 낮은 지대에 있었다
차선이 바뀌는 삼거리에

다분히 정체한 것마냥 있었다

지렁이 못지않게 느리게 자라는 풀
허술한 것은 쉽게 놀라지 않는다

여럿은 마당으로 쓰던 공터에서 종종 차를 돌려 나가
곤 했는데 이런저런 이유로 우리의 여름방학은 낯선 방문
안에서 폐기되었다

정차를 앞둔 기웃거림
떼려야 뗄 수 없는
가끔은 문이 달린 공중화장실*

물이 넘치는 것은 예삿일이라
도랑은 길이 끊어진 데서 더러워진다

슬픔은 자신의 행간을 횡단한다
움직이는 것은 사건을 수반한다
제 키를 가리느라 본분을 잃은

> 종착역까지 뒷걸음질 치던 구름들

가장 편했던 장소는 없는데
날씨는 의지와 상관없는데
떨어지는 것은 빗물, 하늘도 내팽개친 하우스. 슬픔이
왕진을 다녀오는 사이 빈자리마다 물이 고여 있다
근저에 있는 슬픔은 치울 수 없어서
의지는 사물을 닮는다

왜, 하지만 그러한가?

대답은 어느새 역에 다다라 있다
사건은 벌써 거리로 나가 있다

* 주디스 버틀러, 김응산·양효실 옮김, 『연대하는 신체들과 거리의 정치』
  (창비, 2020).

가장 위험한 회로

여기 있던 튀니지 식당은 꾸스꾸스가 있는 가정식이라
는 것을
우리는 걸어가면서 알게 된다
튀니지가 어디 있는지
모르고 튀니지에 있는 사람처럼

구름과 안경이 흔들리는 까닭이다
어둡다고 생각한 곳에 천장이 없는 까닭이다
비행은 어느 작가의 전시에 있는 하나의 주제 같지 부
드러운 것과 딱딱한 것*
진부한 일상과 사랑에 입문하는 지리멸렬한 관례**, 자
연주의***

그런 것들을 지나가면서
우리는 여기를 어기고 있어
생각에 사건이 없는 까닭이다

생각의 집이란 지하에 있는 마을 같아서
말하자면 비둘기 한 마리가 갑자기 날아드는 생각에 사

는 사람은 걷고 있다고 생각한다
　테이블을 다 비울 때까지

　토분을 생각처럼 분갈이 한다

　그것은 일종의 교육이자 문화적 차이라는데
　찌그러진 것도 자연인가, 도망가는 것도 생각인가
　말하려다가 집의 방향을 바꾼다
　불의 방향과 생각의 방향이 다른 것처럼

　산책은 개인적이어야 하는 까닭이다
　잃어버린 게 길이 아닌 까닭이다
　부지런히 생각을 키우는 까닭이다

　좀 조용히 걷지 그래?

　마을은 마을에 대한 생각으로 확장되고 식량 창고에
쌓인 비둘기는 집으로 가는 거의 모든 방향을 안다고 생
각하지만

> 아무것도 나타나지 않는다
간판이 없는 집이다 아무것도 없는 가정이다

지나가는 사람으로서 나는 살찐 사랑을 목격하지만
평소보다 이르게 도착한 사람은 사랑을 너무 받아서
무섭고

* 세자르, 「리카르」, 1962년, MNAM, 조르주 퐁피두 센터, 파리
자동차 통제 압착, 153×73×65cm.

** 에릭 피셜, 「비둘기들의 삶」, 1987년, 캔버스 위에 유채, 7개의 패널로
구성, 298.5×741.7cm.

*** 데이비드 호크니, 「클락 부부와 퍼시」 1979~1971년, 테이트 갤러리
수탁, 런던 캔버스 위에 아크릴, 314×366cm. "나는 이 그림이 자연주의
에 가장 근접한 그림이라고 생각한다. (……) 인물들은 거의 실물 크기
그대로이고, 그리느라 더욱 힘이 들었다. (……) 내가 해내고 싶었던 일은
이 두 인물 사이의 관계를 묘사하는 것이었다. (……) 뉴욕 현대 미술관
의 맥 샤인 씨는 두 인물을 그린 내 초상화들이 모두 '수태고지'와 같다
는 점을 일깨워 주었다. 즉, 한 인물은 언제나 흔들림 없는 자세이고 다
른 인물은 그 사람을 '방문'한 것처럼 보인다는 것이다. 이 그림에서 앉
아 있는 인물이 오 씨라는 점이 이상해 보인다. 보통은 서 있는 실리아가
그 자리에 있어야 한다." ── 장 루이 푸라넬, 김소라 옮김, 『현대미술』(생
각의 나무, 2011).

가장 위험한 종으로

법률에 정한 바 여자가 정착하여
차지할 수 있는 땅은 봄날 두 번의 해거름 동안에
두 살배기 암소나 젊은 수소를 끌고
넉넉히 주파할 수 있는 면적 이내로 정한다.
— 안드리 스나이르 마그나손, 『시간과 물에 대하여』

버리는 것 한 톨 없이 살았네
적당히 넉넉하니 나날이 커 가니
좋다는 말에 콧물도 힝 휘갈기며

내일도 모레도 그 다음날에도
나랑 같이 가요, 더 멀리 가요
이렇게 빨리 이루게 될 줄은
꿈에도 몰랐지, 수레를 타고 달려

왔구나, 멀리 온 것이 너무 기뻐
뒤에 있는 그를 슬쩍 올려다보니
과연 그는 혼자가 아니고 얼굴은

> 내 눈에 보이는 땅보다 거칠다

가장 위험한 되감기

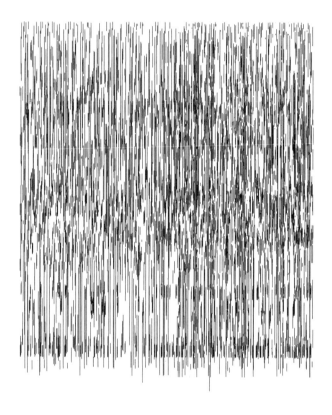

※본 이미지는 텍스트를 포함하고 있음.

가장 위험한 심사숙고 여러분

우선 아래의 글을 읽으시오.

　(3) 화가 아펠레스에 관한 일화가 회의주의자에게 적용된
다. 사람들이 말하기를, 아펠레스는 말 그림을 그리면서 말
입가에 묻은 거품을 그림에 묘사하고자 했다. 하지만 아펠레
스는 성공하지 못했고, 다 포기한 채로 붓에 묻은 물감을 닦
아내는 스펀지를 집어 들고 그림을 향해 던져 버렸다. 그런
데 스펀지가 그림에 닿았을 때, 거품 모양이 재현되었다. 회
의주의자도 현상하는 것과 사유하는 것의 불규칙성을 판정
하여 평정을 얻고자 했으나, 이룰 수 없었기에 판단을 유보
했다. 그런데 회의주의자가 판단을 유보했을 때, 마치 몸에
그림자가 따르듯이, 예기치 않게 평정이 회의주의자에게 따
라왔다.
　　　　── 필리프 그르기치, 『탐구도 유보도 하는 회의주의자』

막연하게나마 좋은 미래, 좋은 집을
우리는 생각하지만 그것들은
물감 묻은 붓에 있는 것이 아니라
붓을 닦는 스펀지에 있습니다

> 스펀지가 없는 경우라면
생각한 대로 되지 않고
포기가 쉽지 않다, 쉽지 않다 포기가 부러운 것일 수도,
어쩌다 그어진 하나의 획이? 의도치 않게 얻은 거품이? 일
화가 된다는 것에도

스펀지 없는 경우가
부모가 없는 경우보다
부지기수, 고전적일 수

있습니다만 제가 그런 말에도 주어진 상황이란 게 있어
예기치 않게 찾아오는 부모가 그다지 어렵고요
신세 한탄 할 시간에 하나라도 더 칠하고
속절없이 돌아가는 집으로 말을 채근해도

유년에게 다음이란 없는 법
따라서 후발주자의 현재는

선택이 결과를 견인한다

결과를 최대치로 쓴다

가장 위험한 로봇이 아닙니다

언덕
이 있는 이미지를 모두 선택하세요
위의 조건과 일치하는 이미지를 모두 선택했으면 확인
을 클릭하세요
아무것도 없으면 건너뛰기를 클릭하세요

비빌 언덕이 없다면
선택하지 못하겠지

시키는 대로
언덕을 찾다가

동네에서 길을 잃었다네 주먹만 한 눈이 와서
주변은 쌓이다가 조금 느려지다가 마우스 커서를
움직였다 군더더기 없이 아름답구나, 이 집은

오프라인 상태
비어 있는 상태
넉넉한 것은 취해 본 적 없다는 듯

눈은 이제 눈 위에 쌓인다
변두리에 있는 언덕은 비빌 게

없었던 거야, 밟아 주는 인간이 없었던 거야
너 이거 다 못 먹으면 여기 다시는 못 와
더 못 기다려, 빨리 먹어서
문제 해결 능력이 좋은 아이

나는 남은 전단지보다
목적 없이 살아야지

식당가를 지나 가정집을 지나
웃고 우는 소리에 귀 기울이네
눈에도 소리가 있다는 것을
그날 알게 되었다네

거기 뭘 보고 있는 거야

돌아야 할 언덕 하나 남긴 집 앞에서

전단지 배포는 불법이지만
선택은 당최 없었던 거지
도망가거나 잘못을 구하거나

그것도 아니라면
나는 흰 거리의 뒷면이 보이게
가진 것을 죄다 버린다

체인을 감은 차 한 대가 눈길에서 미끄러진다

모든 시절이 저 체인에 감겨
이쪽으로 끌려오고 있다
건너뛰지 않는다
무언의 항의

가장 위험한 마른 강에서

그는 왜 혼자가 되었나

주변을 보렴, /나뭇잎//쓸쓸/
남은 새를 나무 아래 숨기고
날것을 먹고 배탈이 나고

기다려도 /나뭇잎/
오지 않아 /쓸쓸/

빗물은 /나뭇잎/ 헤집고
강은 /쓸쓸/ 부정하고

칠칠치 못해서 깨뜨린
차원을 드문드문 더한다
그와 비슷한 내가 있다
대문짝만하게 여의치 않은

새로 난 거리는 기기묘묘해서
/쓸쓸/한 /나뭇잎/을 소집한다

가장 위험한 감상문

너는 만들어지는 경우가 있다. 너는 종종 생각한다. 어떤 것에 의한다는 것은 어려운 말이다. 형성된다는 것은 어려운 말이다. 섹스투스는 고통의 주된 원천 두 가지를 이야기한다. 첫째는 현상의 상충. 그것은 너무 부정적이라고, 너는 생각한다. 섹스투스는 판단을 유보하려는 너의 고통을 대변한다. 그의 대변에 의해서 너는, 다시 한번 만들어진다. 고통이 형성된다. 너는 상충된다.

(a) 고통의 원천은 현상의 상충이다. 다시 말해 현상이 p이자 ~p로 나타난다는 사실이 고통의 원천이다.*

p이자 ~p인 것에, 너는 너를 대입한다. 너는 네가 아닌 것이 된다. 부정하는 너의 존재가 증명된다. 네가 축약된다. 너는 때로는 그것이 좋다. 너는 때로는 회의적이다. 현상이 상충된다는 사실 그 자체가 고통의 원천이라면 너는 고통의 원천을 제거하고 싶다. 상충되는 현상이 무엇인지 너는 알지 못한다. 너는 고통을 제거할 수 없다. 너는 잠시 고민한다. 너는 부정한 것을 끊임없이 생각한다.

우리는 우리의 부정한 것들을 태우게 된다.**

너는 그다지 행복하지 않다. 너는 너를 두고 나온 세상을 바라보는 것이 어려워진다. 결과적으로 너는 부정을 유도한다. 너는 너의 입장을 수용한다.

오로지 자기 자신과 대면한 인간, 자신에게만 의존할 수밖에 없는 인간은 기묘하게도 자신의 자아를 긍정적이 아닌 부정적인 측면에서 발견한다. 그리고 이 발견은 공개적으로 투명하게 이뤄지는 것이 아니라, 지루함으로 위장된 채 이루어진다.***

너는 알고 있다. 위장된 채 이루어지는 부정적인 측면을. 보이는 사물과 풍경을 바라보는 것이 너는 새롭다. 너의 몸은 무언가 숨기고 있다. 이 혼동과 혼종이 너는 나쁘지 않다. 큰 고민거리라고 너는 생각하지 않는다. 이런 혼동을 즐기는 동안 너는 생각한다.

내부 세계란 외부 세계를 포개었을 때 접히는 부분에 불과하다.****

생각하는 사람에 대해. 전체라는 테두리 안에 연결되어 있는 부분의 고리를 찾으려 한다. 너는, 같은 것에도 다른 것이 존재한다는 것을 알게 된다. 너는 네가 아는 것을 부정하게 된다. 서로 다른 의견처럼 고통이 자리한다는 사실을 알게 된다. 그 안에서 너는 항상 다른 의견에 속한다는 사실을 알게 된다.

사실이 있고 그 사실에 대한 해석이 있는 것이 아니었다. 하나의 이야기를 말하는 두 가지 방식이 있었던 것이다.*****

어느 날 너에게 망가진 기타가 생긴다. 아버지가 버려진 기타를 주워 온 것이다. 어느 날 너는 기타만 남은 사람이 된다. 버려진 외부가 접힌다. 아무리 펼쳐도 내부에 아버지는 없다. 너는 아버지 없는 사람이 된다.

* 필리프 그르기치, 박승권 옮김, 『탐구도 하고 유보도 하는 회의주의』(전기가오리, 2020).

** 가스통 바슐라르, 김웅권 옮김, 『촛불의 미학』(동문선, 2008).

*** 헤르베르트 플뤼게, 김희상 옮김, 『아픔에 대하여』(돌베개, 2017).

**** 마크 피셔, 안현주 옮김, 『기이한 것과 으스스한 것』(구픽, 2019).

***** 가스통 바슐라르, 위의 책.

가장 위험한 구경꾼

기타에서 중심이 되는 것은 줄이다
줄은 제 몸뚱이로 자신을 조절할 수 있다
그런데 줄이 없는 기타라니, 대체 어디서 이딴 걸 주워
온 거야?

화가 난 사람은 팽팽하게 줄을 당기지만
자신은 조용히 기타에 줄을 엮는다
터무니없이 조용하던 기타는 불필요한 것처럼 보였지만

버려진 것이 잘 보이는 계단에서 만난 아이는 자신이
아닌 기타에 대해 말한다
무지라고 해요 줄이 없다는 뜻이죠 누가 버렸거나 훔쳐
간 거예요 그처럼
아이에 대해 말하는 사람이 없다

모두 일을 하러 떠난 거지
일은 기다려 주지 않기 때문에 그들은 다른 곳에 있을
수 없다*
화분처럼 빈약하게 서 있는 것이 전부지만

> 신념은 조절할 수 있는 것이 아니라서
말하자면 슬픈 구경꾼이 아침마다 듣는 연주는 먼 데서 기타가
자신의 의지와 상관없이 거행되는 것과 같은 것이다

거기엔 집을 버리고 가는 사람도 있어서
마음만 먹으면 필요한 것을 구할 수 있으나 주는 것 없이 싫어할 수 있다는 것을 아이는 알고 있다

사람들은 생각보다 화가 많다는 것도
화가 많은 사람은 포기할 줄을 모른다는 것도
천국의 자리를 사기 위해 기타를 찾아 왔다는 것도 알지만
유감스럽게도 아이가 부르는 노래는
벌써 천국으로 모두 떠나갔다는 이야기였다

* 자크 랑시에르, 오윤성 옮김, 『감성의 분할』(도서출판B, 2008).

가장 위험한 에그스크램블

에그

1 안타깝거나 안쓰러운 일을 볼 때 내는 소리.

2 징그럽거나 끔찍하거나 섬뜩할 때 내는 소리.

스크램블(scramble)

1 교통량이 많은 교차점에서, 모든 방향의 차량을 정지시킨 뒤에 보행자가 어느 방향으로 자유롭게 갈 수 있도록 하는 일.

2 적기(敵機)의 기습에 대비하여 요격할 수 있는 태세를 갖추어 긴급 발진하는 일.

3 아이스하키에서, 여러 명의 선수가 퍽을 차지하기 위해 혼전을 보이는 상황. 이때 심한 몸싸움이 일어나는데 주심이 판단하여 반칙을 선언할 수 있다.

(국립국어원 표준국어대사전, 우리말샘)

계란은 있는데 우유가 없어요

우유 없이 만들기 기호에 맞게

계량컵에 계란 세 개를 풉니다

풀 수 없는 투명함
바깥에서 안으로
깨지는 안정감이란

청기와 백기의 싸움이 계속되고
박은 여전히 터질 줄 모르고
콩 주머니 안에 팥을 넣었더니
본질은 중력의 크기만큼 상쇄합니다
비인칭 주어가 대상을 패싱합니다

지나치게 지나친 것들
흔하게 볼 수 있는
경구의 광고 문구들

실용적이지 못합니다 그것은
아름답지 못합니다 그것은
손질하기에 간단치 않습니다

현실 반영 매뉴얼 없음

주먹구구식으로
소금 한 꼬집
매운 후추는

호신용으로 유용하고요
흔들면 잘못 분사한다는
주의 문구 스티커를 떼며

어디서부터였을까 나는
죽자사자 도망쳤던 게

가장 위험한 불행은 굴러가는 공 같아

말이 공이라면 부풀려야지*

여기가 끝이라면
더 미룰 수 없다면

보이는 게 저마다 다른 창들이란, 높이가 다른 밧줄이란,

올라갔다가 힘껏 내려온다
며칠째 웃음이 나오지 않는다

털이있는것들지저분한것들엉켜붙은것들뭉쳐진것들늘어
나는것들잡아당긴것들살아있는것들가득한것들부푼것들
뽑지못한것들괴로운것들죽은것들미워하던것들

불행에도 털이 있다면 빗겨 줘야지. 끈으로 묶어 줘야
지. 끊어진다면 밧줄로 감아야지. 칭칭.
밧줄은 의자를 가지고 있다
밧줄은 그네에 달려 있다

줄 감기는 시간
저녁 아홉 시
피곤한 사람은

나올 때가 지나도 나오지 않는다

나는 하필 저녁에 밖으로 나와서
집의 창문들, 금이 간 줄도 모르고
바람은 빈틈을 지나칠 리 없는데

몇 날 며칠 놀던 맛이 커질 뿐
놀이터는 멍조차 들지 않았다
나는 혼자서 나를 밀어야 했다

언제 깨져도 이상하지 않은, 언제 터져도 이상하지 않은,

그네 타는 것에도 방식이 있다
앉거나 서서 한 바퀴 도는 것

＞ 겁이 없던 불행은 희망을 놓치는 바람에 더 멀리 더 높이 갈 수 있었다 놀아 주던 사람은 온데간데없고

　보풀처럼 떼어 낼 수 있는 것도 아니라서
　불행은 반성하는 데 시간을 다 써도 모자라, 얇디얇은 카디건도 손목을 다 덮지 못했지

* 알레프의 노래 「공」.

가장 위험한 이봐, 조

　그러니까 조, 우리는 납작하다. 손으로 누른 것, 혹은 발로 찬 것. 그런 구석이 있다고 하자. 고집스런 구석이라고 하자. 흑맥주 한 모금에 얄팍해지는 고집이 있다고 하자. 그러자, 조. 조심하지 않은 바위가 있다고 치자. 가벼워서 날아갈 것 같지만 그렇지 않은, 찢어질 것 같지만 그렇지 않은, 돌멩이에도 여러 면이 있다고 치자. 조는 일찍 잠이 오지 않아, 밤하늘 어질러지는 별을 한 번 들여다보고, 두 번 더 보고. 어디에 부딪혀도 상관없다는 듯 비틀댄다. 어쩌면 종이 한 장의 무게로 떨어지는, 이건 말이야. 너무 얇아서 부딪힘도 막을 수 없다, 이 말이야. 거품을 걷어 내면 드러나는 하늘도 얇아서 세상의 밤도 다 가릴 수 없고. 조와 사는 늙은 개의 귀도 얇아서 밍밍 짖고. 어떤 울음은 기다리기에 너무 납작해서. 있는 듯 없는 듯, 내내 슬퍼. 슬픔을 부러워하는 사람이 가장 슬픈 사람이다. 어느 누구도 조에게 이봐, 조. 부르지 않는다. 어이, 부르면 조의 개가 쓸쓸히 달려, 갔다가 돌아오지 않는 이틀, 사흘, 나흘 내내 집 한 구석에 쌓이고 있는 이봐, 조. 바닥에 납작해져 가는 것은 창문에 기댄 거리의 배후였을까, 떨어지는 낙엽의 의지였을까, 왼쪽, 왼쪽으로 기우는 개의 몸뚱이였을까. 의식을 먼 곳에 두면 몸이 가벼워진다. 가볍다는 건 정신적인 것. 더 이상 부딪힐 데가 없다는 것. 그러려고 한 건 아닌데. 내가 쓰면 우울한 것이 된다. 그러나 슬퍼 마시길. 조에게는 아직 몇 모금의 흑맥주와, 그 안에 쓸데없이 예쁜 볼 하나가, 거품을 만드는 볼 하나가 있으니. 거품은 온갖 깜깜한 것들을 덮고 다 쓴 일회용 장갑을 끼고, 밤새 머리를 굴린다. 그 안에 있는 밤은 재활용 어려움.

가장 위험한 낭독회

사유의 사유에 갔다
그림에 영감을 받아 쓴
시를 가지고 갔다

미술이, 문학이, 철학이 있었다

문학은 처음 보는
미술을 눈여겨봤다

장소는 숨겨 두는 것이라고
철학이 말했으나 반듯했고
노로 만든 의자가 희한했다

슬픔도 기쁨의 총량을 몰라서
나아가야 할 지점에서 느슨하게
재현한다, 각설탕 같은 경계를

좋아했다
상담 때 봤던

그랜드마 모지스의
그림 또한

들풀과 흙길 위에 집이 많았는데
듬성듬성 사람들도 작게 있었다

아무도 울고 웃지 않았지만
중심에 위치한 집이 커서
적당히 균형적으로 보였다

예고 없이 시작된 낭독에서
움직이지 않아도 좋은 것들

이를테면 길거리나 광장에
신체로 구성된 것들이 어떻게
보이는지를 두고 셋은 자문한다

경험으로 겨우 아는
전체와 같은 부분에 대해

> 몰두한다, 각이 부서진다
  설탕이 각을 옮긴다
  더 옮길 수 없을 때까지

  세계를 움직이는 사람들은
  세계를 멈출 수도 있다*

  담을 수 있는 그릇이 작아서
  말의 무리에서 비껴난 길은
  얼굴을 숨겨 둔 장소처럼 보인다

* 반재하 작가의 전시 「세계를 움직이는 사람들은 세계를 멈출 수도 있다」.

가장 위험한 방식의 역설*

얼음은 헛수고합니다
추위가 작아서
없어지는 것이 일입니다

그날그날의 노동이 얼음덩이였더라
가만히 두면 모서리가 느릿느릿하더라

한 시간, 두 시간, 세 시간……

낮은 얼음이 버티기 힘든 차림으로 바깥에 있다
가장 더운 날은 일교차가 제일 심한 날이라
어쭙잖게 서서 여름에 널어 둔 길을 거둬들인다
낮은, 다 녹은 얼음을 보며 가야 할 때를 안다

밤길도 약한 체질이라
가지 않은 것만이
일을 기다릴 수 있습니다

네 시간, 다섯 시간, 여섯 시간……

장소는 그만한 처지를 갖는다, 밤이고 낮이고
일은 하찮은 구석이 있다 잔업은 깎을 수 없다
매사에 진지한 사람에겐 하찮은 것이 필요하다
그러나, 얼음을 끌고 가는 사람에게 간절한 것은
계단을 조심히 내려가거나, 제 모양을 유지하며
부른 곳까지 도달하는 것, 변함없이 차가운 것

집념은 사랑을 하게 합니다
멈출 수 없게, 무섭게
미미하게 소진될 수 있습니다

일곱 시간, 여덟 시간, 아홉 시간……

무모하고 버젓한 소망이 길바닥에 찔끔,
제 흔적을 흘리고 가는 바람에 얼음은
길을 따라 걷던 사람을 한데 묶어 둔 채
제가 말한 꿈의 주제로 돌아가게 한다
말꼬리도 가끔은 제 말의 중심이 돼서

잠결에 연중 흐릅니다
이것이 가능의 역설
소망이 꿈꾸는 방식

* 「방식의 역설」은 행위예술가 프란시스 알리스의 작품이다. 이 작품은 대낮에 아주 큰 얼음을 끌고 멕시코시티를 도는 영상물로 제작되었다. 단단했던 얼음이 점차 녹아서 사라지는 것이 마치 허무하게 소비되는 노동의 본질과 닮았다는 것을 그는 이 퍼포먼스를 통해서 이야기하고자 한다.

가장 위험한 죽음

나는 뜻하지 않게 전혀 다른 것을 만났다.
— 자크 랑시에르, 『해방된 관객』

이제는 정말 가야겠어
소파에 기대어 있는 그는 자칫 과거에 묻혀 있는 것처
럼 보였다

그것은 보는 사람을 빠져들게 했다
그에게 과거란 종교 같은 것이었고
과거에 관해서라면 그는 어쩔 수 없었다

권태로운 그에겐 기다리는 것만이 가장 구체적인 상태
였기에
그는 많은 사람이 보고 있는 곳에서 다음 신호를 기다
릴 수 있었다

한때 서두르다가 항상 무릎이 깨졌으나
죽음 앞에서 넘어지는 것은 공상적일 수밖에 없는 것이다

죽는 것은 누구의 사랑도 아니었기 때문에
그는 무릎을 지킬 줄 몰랐다
자주 꿇었고 잘못을 과시했다

이게 맞나? 아닌가?
그의 잘못은 갈등에 가까워지고 있다

'죄가 사라지려면 거의 모든 충동은 거짓이 되어야 한다'고
적혀 있다

"성당에 찾아간 날에 나는 심하게 아팠습니다. 그곳을
빠져나오자 거짓말처럼 병세가 더 악화되었죠. …… 그렇
게 보이기 위해 지금도 나는 노력합니다. 간격이 좁고 경사
가 심한 계단은 신성한 장소가 그러하듯 안내문이 다닥다
닥 붙어 있었습니다. 걸음이 느린 사람 뒤에서 나는 천천
히 고립되어 갔죠."

믿을 수 없었으나
그는 정말 혼자였다

　　　　　　　사랑
그것을 진술이라고 적었다

사람들이 다 떠나고
불이 켜졌을 때

과거를 그대로 옮겨다 놓은
계단 위에서
걸음이 느린 사람이 그를 보고 있다

가장 위험한 미미한 것

결심은 죄가 아니라 물꼬를 트는 것인데
물려받은 심장은 입력된 값을 산출할 수 없고
미워하는 것도 저의 소관이 아니라 감자에 난 싹을 자
르듯 천사는 하던 것을 돌연 중단한다, 고의는 실수한다

미래에 쓰일 것인지, 목숨을 거두어 빈손으로 쓸지를
두고 불의를 당하는 것이 때론 낫다는 게 천사의 지론

미미하게, 소름이 돋았다
이것도 나의 털인데, 펭귄은 제 살이 무서워
때마침 눈을 맞던 천사가 솜털 같은 아이의 거죽을 슬
쩍 걸쳐 보니 그 무게가 상당하더라

여름이 겨울보다 뼈마디가 시린 날이 있다
강간 미수가 살인보다 미미한 날이 있다
앞섶을 아무리 여며도 잘못처럼 추위가 가시지 않았다

당황한 천사
계획에 없던 천사

겉으로 뛰는 일 없지만
무리를 이탈한 펭귄처럼

하는 수 없이 부지런하고
한없이 옹졸한 까닭에
그의 심장은 뜨내기였다

눈보라 치는 설원의 시정 거리 안에서 천사는 보이지
않는 거리를 앞서 나간다 미미한 것은 살아 있다
의미심장한 것, 가로막힌 것
그런 것들을 갈무리하느라

한 치 앞을 보면
심장에 무리가 간다

작은 언덕은 안중에도 없었다
그것은 자리를 빼앗겼다*

저마다 시한폭탄 하나쯤은 품고 사는 것처럼 한 줄 한

줄 줄타기를 하다가 하필이면 두 줄에 걸려 넘어진 게 스
물세 살 때였지 아마 예후가 좋지 않았다

　발목이 부러졌다
　걸을 수 없어서
　방학이 길어졌다

　나쁘기 위함이 아니라는 듯이
　미미는 의외로 감정이 없다

* 메릴린 스트래선, 차은정 옮김, 『부분적인 연결들』(오월의봄, 2019).

가장 위험한 되감기

글 내용:

 빈집이 있어 내내 기다려. 드물게 찾아오는 사람이 있어 밥을 짓는다. 몇은 먹거나 남은 음식을 챙겼다. 몇은 일행을 찾으러 다시 산을 올라갔다 내려왔다. 찾지 못한 거지. 먼저 간 사람의 자리를 생각한다. 앞으로도 찾는 사람은 없겠지. 길은 그저 길로 이어진다. 사람이 아니라서 아무 일도 아니라는 듯이. 사람이 아니라서 다행이다, 생각했을까. 최초의 목격자, 그는 지금 어디에 있나. 뺑소니라면 어떨까. 다시 이 길을 지나갈 수 있을까. 떠돌이 개는 분쟁이 될 수 없었다. 보호받지 못한다는 것은 처리 가능한 동물의 사체라는 것과 같아서, 경찰에 신고했다. 훼손되지 않게 개를 길가로 옮기면서, 아직 따듯하구나, 밟히지 않도록 길을 통제했다. 떠돌이 개에게 한낮이었고 해가 지는 것도 순간이었다. 챙겨온 얼음물도 바닥을 보였다. 송진가루 때문에 입안이 건조했다. 멀리 흔한 광경이 보였다. 무작정 기다릴 수 없어서 산을 올랐다. 안내하는 표지판도 없었다. 앞서 걷던 일행이 보이지 않았다. 어수선한 길목에 다다르자, 힘들이지 않고 올라갈 수 있었다. 완만한 구간에서는 뒤로 걸었다. 발목을 접질려 쉽지 않았지만 날이 밝기 전에 집을 나섰다.

가장 위험한 가방

오늘은 할 말이 없다고 그는 말했다
그의 가방은 무거워 보였지
안부를 묻는 것은 나의 의무였지만 대답하는 쪽은 가
방에만 눈을 맞추고 있었다
가방의 무게 때문에 그는 안정적으로 보였다

스프링 노트를 펼치자 그가 없었다
그의 모든 그림은 자신이 없는 투사에 불과했다
내 것이 아니니까요, 그는 이 세상 사람이 아니라서 나
에게 가져온 것이라고 말했다

자신의 말을 믿지 않는다고 생각하는 사람은 침묵을
지키지만 그 세계를 사랑하는 사람은 없다
때로는 그것이 그를 공격적으로 만들었다

여기서 나는 몇 장의 카드를 꺼낸다
대칭적 구도의 그것은 세상을 닮을 수 없지
그럼에도 말하는 사람은 계속 말을 해

그림 1은 *끈이 없는* 가방이다

그림 2의 가방은 가방이 아니다

그림 3을 아는 사람만 가방이 없다

그림 4에는 가방만 있다

나는 그가 보는 대로 이해해야 한다
그가 틀린 곳을 자꾸만 틀린다는 사실을 말하지 않아야
한다 가령 마음으로라도 읽을 수 있는 자유를 줘야 한다

그는 천천히 자신의 그림을 소리 내어 읽는다

"아버지가방에서나왔다"

빌어먹을 가방은 외롭지 않고
생활에 보탬이 되는 것도 아니라서

> 슬픔을 줄 수 있는 것이 아니다

　사랑하는 것은 내가 할 수 있는 일이지만 나는 그를 사
랑할 수 없었다

　아주 가볍게 혹은 아주 뜨겁게

가장 위험한 다사다난

어제는 장례식에 다녀왔어요
축하하기 위해 모인 자리에서
한 곳에 매몰되어 있는 것은

익숙하고 쉬운 일이다
누군가한테는
그럴 리 없는 것이
그런 일이 되어 간다

도심에서 집까지
가는 걸 포기하고

꽃다발마냥 부둥켜 있는
건물들 사이를 걸었다
일면식 없는 사람과 함께였다

*

본 적 있는 사람과

처음 본 사람들이
한데 어우러져 갔다

*

초등학교 부지에 학교는 없고
아버지와 내가 나란히 서 있다
여럿 있는 건물도 장관이었다

이런 데서 잘 살고 싶다고

*

창밖의 야경을 보며 생각할 때
갑자기 떠나는 사람이
눈에 띄게 보였다 나무 아래
우듬지 사이로 길을 내던
혹은 길을 숨기던
그는 그늘진 면이 있지

테이블은 쉬지 않고
부재의 영역을 키우고

*

어쩌다가, 어쩌다가
갔어 너무 갑자기 갔어

조문 온 친구가 그늘진 구석을
펼치듯 웃으며 대답한다

언제 가도 갑자기야

*

축하하러 가는 길에
전화가 온다, 도심에서
병원으로 걸음을 돌린다

*

양식화도 자주 같은 희망을 반영한다*

* 루트 암만, 베레나 카스트, 잉그리트 리넬, 박경희 옮김, 『내면의 그림』
(뮤진트리, 2021).

가장 위험한 때로는 간단한 것

친구는 말했지
미술학원에서는 매일
선만 그려, 직선을

이후로 나는 선을 그렸다
무엇보다 돈이 필요했다

젖은 귀를 햇빛에 말리고

칼자국을 보고 있자니
무슨 선이 이렇게 많은지

서둘러 그곳을 빠져 나왔다
생각이 불행을 자초했다
선을 넘어갈 수 없었다
어른을 멈추기 전까지

선에 밑줄을 긋는다
두 줄이 그어진다

작품 해설

확장된 인간

송현지(문학평론가)

이서하의 두 번째 시집 『조금 진전 있음』은 '가장 위험한' 시리즈라고 불려도 좋을 만큼, 수록된 모든 시의 제목에 '가장 위험한'이라는 수식어가 덧붙어 있다. 이러한 수식은 우리가 어떤 기대를 한 채 그의 시를 읽어 내려가게 하는데, 그 기대란 시인이 나열한 '가장 위험한' 것들을 통해 스릴을 느낄 수 있으리라는 믿음이다. 특히 첫 시집 『진짜 같은 마음』(민음사, 2020)에서 시인이 능수능란하게 구축했던 이야기의 세계를 기억하는 이라면 이번 시집에서는 시인이 펼쳐 놓을 위험을 함께 경험할 태세로 그의 시에 기꺼이 몸을 맡기고자 할 것이다. 그러나 시를 읽어 갈수록 우리의 기대는 점점 무산된다. 수록된 대부분의 시는 어떤 이야기를 담고 있기보다는 진술에 가깝고, 제

시된 위험한 것들은 통상적으로 '위험하다'고 말하는 것과 차이가 있다. 위험에 빠져 있는 자의 비명이나 도움을 요청하는 신호도 여기에서는 발견하기 어렵다. 오히려 시인은 시집에 나열된 '가장 위험한' 사태에 우리가 깊숙이 빠지는 것을 꺼리는 양 시종 그것을 건조하게 서술하는 데 공을 들인다. 그로 인해 우리는 이 수많은 것들이 왜 위험한지, 그것도 왜 '가장' 위험한 것인지 생각을 거듭할 수밖에 없다.

그 과정에서 우리의 의문은 다른 방향으로 확장되기도 한다. 이를테면 그가 두 번째 시집을 묶는 과정에서 수록 시의 제목을 일관되게 수정한 것이 아니라 첫 시집이 나온 직후부터 줄곧 이러한 제목의 시만을 발표했다는 점에서 첫 시집을 낼 무렵 그에게 무슨 일이 있었던 것은 아닌지, 무엇이 시인으로 하여금 이 많은 것들을 위험하게 여기도록 만든 것인지 "부지런히 생각을 키우"게 되는 것이다. 그럼에도 이에 대한 적절한 답이 "아무것도 나타나지 않"(「가장 위험한 회로」)을 때 급기야 우리는 '가장 위험한'이라는 글자를 가리고 시를 읽어 보기도 하는데 이 다섯 글자를 빼도 제목과 시가 성립한다는 사실은 시인이 왜 시 모두에 '가장 위험한'이라는 말을 붙인 것인가, 라는 처음의 질문으로 우리를 꼼짝없이 돌아가게 한다. 우리는 우리도 모르는 사이에 '가장 위험한 것은 무엇인가'라는 질문에서 도저히 벗어날 수 없는 위험한 상황에 처하게 된 것이다.

이런 사태를 예상하고 있었다는 듯 시인은 다음과 같은 말로 말문을 연다. "어쩌다 이런 곳엘".

어쩌다 이런 곳엘

사람들이 지쳐 보였다 나는 아껴 둔 빵과 음료를 그들에게 건넸다

내부가 열리고
외부로 이어지고

기우는 자세로 물가에 다다랐다
헛디뎌 가까이서 잠기는 것을 본다

날벌레가 과일을 따라간다
피크닉용 돗자리가 버려진다

살아 있는 것을 살렸다 오늘은
착한 것을 하나를 더 만들었다

—「가장 위험한 횡으로」 부분

미리 "빵과 음료"를 준비해 두고 저러한 위로의 말을 건

넬 수 있는 그는 우리에 비해 한결 여유로워 보인다. 마치 우리가 겪을 위험을 한 번 경험해 본 것과 같은 목소리. "기우는 자세로 물가에 다다랐"던 것은 우리뿐만이 아니었음을 짐작하게 하는 목소리. 그는 어떤 위험은 막을 수 있는 일이 아니라는 듯, 아니 어쩌면 필요한 것이라는 듯 물가로 가는 이들을 막지 않고 그들이 "헛디뎌 가까이서 잠기는 것을" 우선 바라본 후 "살아 있는 것을 살"린다. 저 예견된 위험을 막지 않는 그의 행동이 의아하지만 일단 이것이 위험에 처한 이들을 대하는 그의 자세라면, 시인이 우리를 위험에서 구해 줄 것을 믿고 잠깐이라도 "기우는 자세"로 저 위험에 다다라 보면 어떨까. 그러기 위해 이 글과 함께 천천히 그의 시집을 횡으로 건너가 보자.

불어나는 위험들

시인이 우리보다 앞서 물에 잠기어 봤으리라는 짐작이 틀리지 않았음은 시집에 유독 물이 불어난 장면이 자주 그려진다는 점에서 쉽게 확인할 수 있다. 그는 "놀랄 것도 없이/ 물이 불거"(「가장 위험한 플레이어」)지며 "물이 넘치는 것은 예삿일"(「가장 위험한 헛되지 않음」)로 여길 만큼 "침수가 잦았"(「가장 위험한 감상문」, 46쪽)던 일들을 회상하며 그에게 "세상은 비가 내린 것마냥 쏟아지는 것"(「가장 위험한 몰수가 없었다면」)이었다고 적는다. 그의 집을, 그리고 그를 집어삼킬 수 있을 만큼 불거진 물은 무엇이었을까. 가장 보편적 의미의 위험을 다루고 있는 시이자 이 시집에서 드물게 이야기성을 갖는 다음의 시에서 그가 말하는 '가장 위험한' 것에 대한 실마리를 찾을 수 있다.

어제는 장례식에 다녀왔어요
축하하기 위해 모인 자리에서
한 곳에 매몰되어 있는 것은

익숙하고 쉬운 일이다
누군가한테는
그럴 리 없는 것이
그런 일이 되어 간다

(······)

본 적 있는 사람과
처음 본 사람들이
한데 어우러져 갔다

*

초등학교 부지에 학교는 없고
아버지와 내가 나란히 서 있다
여럿 있는 건물도 장관이었다

이런 데서 잘 살고 싶다고

(……)

어쩌다가, 어쩌다가
갔어 너무 갑자기 갔어

조문 온 친구가 그늘진 구석을
펼치듯 웃으며 대답한다

언제 가도 갑자기야

　　　　　　　　　　　　　—「가장 위험한 다사다난」 부분

　해로움이나 손실이 생길 우려가 있을 때, 사전에서는
이를 '위험하다'라고 정의한다. 그렇다면 이 시가 다루는
아버지의 죽음이 '나'에게 일어난 '가장 위험한' 일이라는
데에는 누구나 공감할 수 있을 것이다. "초등학교 부지에"
"나란히 서"서 이야기를 나누었던 아버지, "미장이"였던 아
버지(「콘크리트 균열과 생채기, 얼룩, 그리고 껍딱지로부터」,

『진짜 같은 마음』), "화원을 개조한 집, 공사장용 부직포를 덧댄 집"(「가장 위험한 헛되지 않음」)에서 함께 살았던 아버지, 어느 날 "버려진 기타"를 주워 온 아버지를 '나'는 잃었다. 이제 '나'는 기억과 집과 "기타만 남은 사람"이 되어, 아니 "아버지 없는 사람"(「가장 위험한 감상문」, 108쪽)이 되어 이 상실을 꼼짝없이 감당해야만 한다.

아버지의 죽음이 '나'에게 무엇보다 위극하게 다가왔던 것은 그 갑작스러움 때문이었을 것이다. "언제 가도 갑자기야"라는 조문 온 친구의 말에 기대어 이 돌연함을 죽음의 일반적 속성으로 받아들이거나, 혹은 사랑하는 이의 죽음이란 준비될 수 없는 법이라고 눙쳐 볼 수도 있겠지만 그렇다고 해도 태어날 때부터 늘 곁에 있던 이가 느닷없이 이곳에서 사라졌다는 사실은 '나'를 위태롭게 한다.

그런데 이러한 사태를 경험하며 시 속 화자는 위험의 또 다른 속성을 발견한 듯하다. 축하하는 자리만을 생각하며 어느 곳으로 가고 있던 '나'는 "자신의 의지와 상관없이 거행"(「가장 위험한 구경꾼」)된 위험으로 인해 갑작스레 병원으로 방향을 바꾸는 과정에서 지금까지 자신이 얼마나 한 곳에 매몰되어 있는가를 깨달으며("한 곳에 매몰되어 있는 것은// 익숙하고 쉬운 일이다") 위험에 대한 앞선 정의에서 한 발짝 나아간다. 위험이란 돌연 우리의 일상에 틈입하여 어떠한 손실을 안겨 주는 것인 한편, "한 곳에 매몰되어 있"는 우리의 상태를 아주 정확하게 손가락으로

짚어 낸 후 "그럴 리 없"다고 믿었던 일을 한순간에 "그런 일이 되어" 가게 만들어 버리는 것이라고.

이러한 위험의 더 큰 위험성은 그것이 우리를 선택의 길로 내몬다는 데 있다. 갑자기 불어난 물이 우리에게 닥칠 때 우리는 그에 휩쓸린 채 가만히 있을 수도 있고 불거진 물 안에서 원래 "자세에서 빠져나오"(「가장 위험한 플레이어」)기 위해 갖은 애를 써 볼 수도 있다. 둘 중 어느 선택을 하건 우리의 삶이 어떤 방향으로든 바뀌게 된다는 점에서 위험이란 우리에게 가장 결정적인 위협이다. 그렇다면 이쯤에서 그가 시의 모든 제목들에 붙여 놓은 '가장 위험한'이란 말을 다음과 같이 잠정적으로 정의해 볼 수 있지 않을까. 위험이란 갑자기 우리의 삶에 침범하여 한곳에 매몰된 우리의 상태를 드러내고, 우리를 결정적으로 변화시키는 것이라고. 이제 우리가 살펴볼 것은 이 위험 앞에서 이서하가 어떤 선택을 하였는가이다.

부풀려 버티는 풍선이 되어

그의 첫 번째 시집을 해설하며 평론가 소유정은 이서하의 시를 읽는 일은 시인을 따라 길을 걷다가도 문득 멈추는 일이라고 적었다. 이 적확한 서술에서 그가 강조하여 가리켰던 것은 우리의 걸음이었지만 이번 시집에서라면 수차례 멈추는 시인의 걸음에 대해 이야기하고 싶다. 이 멈춤들은 이서하가 위험에 휩쓸려 가는 대신 위험을 활용하는 것을 선택하였음을 보여 주기 때문이다. 위험이 갑작스레 '나'의 일상에 틈입하여 일상을 흔들고 삶을 변화하게 하는 것이라면, '가장 위험한' 것의 목록에 '나'가 읽은 책의 어느 구절이, 어느 식당이, 어느 낙서가, 어느 목소리가 놓이지 않을 이유가 없지 않은가. 그는 자신이 마주하는 사건과 사유와 장면들 앞에 멈춰 선 채 그것들을 남김없이 시에 옮겨 적는다.

너는 알고 있다. 위장된 채 이루어지는 부정적인 측면을. 보이는 사물과 풍경을 바라보는 너는 새롭다. 너의 몸은 무언가 숨기고 있다. 이 혼동과 혼종이 너는 나쁘지 않다. 큰 고민거리라고 너는 생각하지 않는다. 이런 혼동을 즐기는 동안 너는 생각한다.

내부 세계란 외부 세계를 포개었을 때 접히는 부분에 불과하다.*

생각하는 사람에 대해. 전체라는 테두리 안에 연결되어 있는 부분의 고리를 찾으려 한다. 너는, 같은 것에도 다른 것이 존재한다는 것을 알게 된다. 너는 네가 아는 것을 부정하게 된다. 서로 다른 의견처럼 고통이 자리한다는 사실을 알

게 된다. 그 안에서 너는 항상 다른 의견에 속한다는 사실을
알게 된다.

——「가장 위험한 감상문」(108쪽) 부분

이번 시집에서 빈번하게 발견되는 인용 양식은, 그러므
로 인용한 구절이 자신을 변화하게 할 것이라는 위험을
그가 감지한 흔적이다. 가령, 「가장 위험한 감상문」이라는
동일한 제목의 작품들에서 시인은 불현듯 자신 앞에 나
타나 그 "자신의 질문체계를 문제화"(「가장 위험한 감상문」,
46쪽)하게 했던, 그래서 그를 단일한 하나의 존재로 매몰
되지 않게 했던 '위험한' 글들을 가져와 감상문을 쓴다.
자신을 사유하게 했던 책의 문장들을 굴러가게 두기보다
이를 멈추어 세운 채 "빗겨" 주고, "끈으로 묶어"(「가장 위
험한 불행은 굴러가는 공 같아」) 시에 재배치하는 것이다.
 그를 위험에 빠뜨린 저 문장들의 대부분이 존재의 "혼
동과 혼종"의 상태를 강조하는 내용을 담고 있다는 점은
흥미로운데 이로 인해 시는 그 자체로 "혼동과 혼종"의 현
장이 된다. 예컨대 위 작품에서 시인이 가져온 필리프 그
르기치, 헤르베르트 플뤼게, 마크 피셔의 글은 다소 거칠
게 말해서 존재란 오로지 자기 자신으로만 이루어져 있지
도, 그렇게 살 수도 없다는 것을 하나같이 이야기한다. 형
성되어 가는 존재인 우리는 상황에 따라, 혹은 "외부세계"
의 영향에 따라 이것이 되기도 하고 저것이 되기도 하기에

하나의 기준이나 방법으로는 우리를 오롯이 규정하거나 설명할 수 없다는 것이다. 이런 책들을 읽으며 그는 어디에나 만연해 있는 위험들을 어떻게 받아들이는가에 따라 우리가 도달할 수 있는 거리는 그때그때 달라진다는 사실을, 우리가 얼마든지 방대한 존재가 될 수 있다는 사실을 발견한 것으로 보인다.

그러므로 자신이 마주한 모든 것을 '가장 위험한' 것이라 칭하는 이서하를 두고 사소한 것들에도 크게 영향을 받는 예민한 자의식을 지적하는 것은 충분하지 않다. 위험과 직면한 후에야 자신이 한 곳에 편중되어 있었음을 절실하게 깨달았던 그의 앞선 고백을 기억한다면, 이 명명은 민감함의 소산이라기보다 일종의 안간힘으로 읽힌다. 자신이 보는 것만이 전부가 아니라는 것을 알게 된 자가 더 이상 한 곳에 매몰되지 않고자 읽고 보고 만지고 듣는 모든 것들을 자신을 변화시킬 수 있는 결정적인 순간으로 받아들이려는 전력투구.

외로움만으로 몸을 부풀린다면 바람 빠진 풍선처럼 금세 소진되어 더 이상 이 외로움에서, 이 위험에서, 걸어 나갈 수 없을 것을 직감한 자가 몸을 부풀릴 수 있는 전환점을 발견하기 위해 행하는 몸부림 말이다.

　어제보다 작아진 풍선이 뒤뚱뒤뚱 오늘을 걸어가고
　나는 집을 들고 애매하게 서 있을지언정

나날이 커지는 신발에 대해, 나날이 무관한 인간에 대해
　　거듭 생각하는 중이었고
　　무관하다는 것은 시대착오적이므로
　　엄밀히 말해 '개똥 정말 싫다'고 쓴 벽을 지나자
　　한때 벽지 닦기에 유심했던
　　겉보기에 우스꽝스러운 아스파라거스 군이 거듭 나타나
　　는 것과 같았다. 아스파라거스 군은 숨는 데 문외한이었다
　　　　　　　　　　　　　　　　　　　　　　　—「가장 위험한 한때」 부분

　몸이 쪼그라들어 나날이 커지는 신발 탓에 걷지 못했
던 지난날을 돌아보며 그는 마주하는 위험들을 모두 몸에
담아 자신의 몸을 "교차지점"(「가장 위험한 감상문」, 81쪽)
으로 삼는다. 이렇게 끊임없이 몸을 확장한다면 신발이 벗
겨지는 일 없이 앞으로 계속 걸어갈 수 있다는 듯이. 그러
기 위해 이 성실하고 지적인 사유자는 흔연히 제 몸을 여
러 각도로 굴리며 "각을 옮긴다/ 더 옮길 수 없을 때까지"
(「가장 위험한 낭독회」).

가장 위험한 시집

　이제 우리는 시집의 끝에 다다랐다. '가장 위험한' 것이
무엇인가를 찾고자 했던 우리의 여정을 마무리 짓기 전,

이 글은 남아 있는 하나의 문제를 짚어 보려 한다. 이를 위해서는 글을 시작하는 지점에서 우리를 의아하게 했던 '나'의 행동을 다시 되짚어 볼 필요가 있다. 앞서 우리는 금세 발을 헛디뎌 물에 빠질 수 있는 이들의 위험을 '나'가 막지 않았다는 사실을 언급하며 그것이 언뜻 이해되지 않는다고 말한 바 있다. 지금까지의 글을 정리해 본다면 이러한 행동은 우리에게 위험이 필요하다는 사실을 시인이 이야기하고 싶었던 것이라고 이해해 볼 수 있겠다. 문제는 오히려 그의 다음 행동이다. '나'는 물가에 다다른 이들이 위험에 처하는 것을 적극적으로 막지는 않았지만 결국 살아 있는 이들을 구한다. 이 사실은 중요한데 그것은 시인이 이번 시집에서 우리에게 어떠한 방식으로 위험을 제시하는가와 맞닿아 있기 때문이다.

얼음은 헛수고합니다
추위가 작아서
없어지는 것이 일입니다

그날그날의 노동이 얼음덩이였더라
가만히 두면 모서리가 느릿느릿하더라

(……)
그러나, 얼음을 끌고 가는 사람에게 간절한 것은

계단을 조심히 내려가거나, 제 모양을 유지하며
부른 곳까지 도달하는 것, 변함없이 차가운 것

집념은 사랑을 하게 합니다
멈출 수 없게, 무섭게
미미하게 소진될 수 있습니다

일곱 시간, 여덟 시간, 아홉 시간……

무모하고 버젓한 소망이 길바닥에 찔끔,
제 흔적을 흘리고 가는 바람에 얼음은
길을 따라 걷던 사람을 한데 묶어 둔 채
제가 말한 꿈의 주제로 돌아가게 한다
말꼬리도 가끔은 제 말의 중심이 돼서

잠결에 연중 흐릅니다
이것이 가능의 역설
소망이 꿈꾸는 방식

—「가장 위험한 방식의 역설」부분

앞에서 우리는 시인이 서사를 구성하는 일을 잘할 수
있음에도 이번 시집에서는 의도적으로 이야기성을 제거하
여 진술의 언어들로 이루어진 시를 썼음을 확인한 바 있다. 비유컨대 그는 자신이 경험한 불거진 물들을 딱딱하게 얼음으로 얼려 글을 썼다. 이 얼음의 시를 읽는다면 우리는 감정의 홍수에 빠지거나 불어나는 걱정과 공포에 허우적거릴 일은 없다. 시인은 이 위험에서 우리를 구함으로써 우리가 냉정을 유지한 채 위험 자체를 사유할 수 있게 한 것이다. 그러고 보니 그는 그의 시집을 횡단하는 우리 앞에서 다음과 같이 말하기도 했다.

> 문득 삶의 바닥이 그러하듯
> 알게 되는 것이다
> 내부와 외부의 간격은
> 제 몸에서 너무 먼 집이고
> 나는 그 집을 부수러 왔다는 것을
>
> ―「가장 위험한 횡으로」부분

이것을 그의 선언이라고 읽는다면, 그렇다. 그는 자신의 내부가 열리고, 외부와 이어질 수 있게 했던 위험들을 빠짐없이 우리에게 보여 줌으로써 내부를 열어 외부와 이어지는 방법을 알려 주었다. 그가 쓴 얼음의 문장들은 우리의 몸에서 천천히 녹으며 "허무하게 소비되는 노동"이 아니라 우리 몸을 확장하는 "가능의 역설"(「가장 위험한 방식의 역설」)이 된 셈이다. 그렇다면 우리의 삶을 달라지게 한 그의 시집을 가리켜 '가장 위험한 시집'이라고 말해도 좋지 않을까. 이제 우리는 내부와 외부 사이에 얇은 막만을 둔 한껏 부푼 몸으로 그와 같이 걸어간다. 더 이상 신발이 벗겨지지 않는, 확장된 인간이 되어. 그래서 이 시집을 읽고 난 우리도, '조금 진전 있음.'

지은이 이서하

1992년 경기도 양주에서 태어났다. 2016년《한국경제》신춘문예로
등단했다. 시집『진짜 같은 마음』이 있다. 동인〈켬〉으로 활동
중이다.

조금 진전 있음

1판 1쇄 찍음 2023년 8월 4일
1판 1쇄 펴냄 2023년 8월 18일

지은이 이서하
발행인 박근섭, 박상준
펴낸곳 (주)민음사

출판등록 1966. 5. 19. (제16-490호)
서울특별시 강남구 도산대로1길 62(신사동)
강남출판문화센터 5층 (06027)
대표전화 02-515-2000 / 팩시밀리 02-515-2007
www.minumsa.com

ISBN 978-89-374-0935-6 (04810)
       978-89-374-0802-1 (세트)

* 잘못 만들어진 책은 구입처에서 교환해 드립니다.

민음의 시
목록